**Os
coxos
  dançam
sozinhos**

Os
coxos
dançam
sozinhos

Os coxos dançam sozinhos
José Prata

EDITORA
NOVA
FRONTEIRA

© 2002, José Prata
Por acordo com Dr. Ray-Güde Mertin, Literarische Agentur, Bad Homburg, Alemanha

Direitos de edição da obra em língua portuguesa no Brasil adquiridos pela EDITORA NOVA FRONTEIRA S.A. Todos os direitos reservados. Nenhuma parte desta obra pode ser apropriada e estocada em sistema de banco de dados ou processo similar, em qualquer forma ou meio, seja eletrônico, de fotocópia, gravação etc., sem a permissão do detentor do copirraite.

EDITORA NOVA FRONTEIRA S.A.
Rua Bambina, 25 – Botafogo – 22251-050
Rio de Janeiro – RJ – Brasil
Tel.: (21) 2131-1111 – Fax: (21) 2537-2659
http://www.novafronteira.com.br
e-mail: sac@novafronteira.com.br

CIP-Brasil. Catalogação-na-fonte
Sindicato Nacional dos Editores de Livros, RJ

P924c   Prata, José
          Os coxos dançam sozinhos / José Prata.
        — Rio de Janeiro : Nova Fronteira, 2005
          ISBN 85-209-1779-8

          1. Romance português. I. Título.

                                    CDD 869.3
                                    CDU 821.134.3-3

Para a Helena Rafael
em nome das estrelas mortas

Für Juliane Stolzenbach Ramos
mein Lichtlein in so weiter Ferne

"A história de uma nação não está nos parlamentos nem nos campos de batalha, mas naquilo que as pessoas dizem umas às outras nos dias de feira e nos dias de festa."

William Butler Yates
(in *O Segredo de Joe Gould*, ed. Dom Quixote,
tradução de José Lima)

PREFÁCIO DO AUTOR

Na manhã do dia 11 de Maio, José Prata, futebolista muito amador, encontrou o seu carro preto com os pneus furados. Era domingo, pouco passava das dez, ele tinha já o fato de treino vestido, a bola debaixo do braço. "Co'a breca", pensou, coçando a cabeça descrente. "Então agora os pneus furaram-se? E logo os dois ao mesmo tempo? Não é nada normal."

Achou bizarra a coincidência, investigou os pneus, primeiro um depois o outro, com ar entendido. Estavam os dois tão em baixo, que apesar de não vislumbrar neles quaisquer sinais de facada, suspeitou que tinham sido vítimas de atentado.

Culpou de imediato o carro, como é evidente, uma porcaria italiana, cambada de mafiosos. Ou se calhar foram os gajos da lavandaria, quando estacionou ali fizeram má cara, deviam estar a afiar as navalhas. Considerou partir-lhes a vitrine, bastava uma pedra, a calçada estava cheia.

Mas agora não, concluiu, já lá vinham os mirones, dois reformados à cata de desgraças, e o relógio tic tac. José

Prata angustiou-se, logo hoje que era domingo, o senhor dos pneus fechado até segunda, daqui a pouco começava o jogo, ele a ficar atrasado.

Olhou uma última vez para os pneus, mais um problema adiado, a vida estava cheia deles. Rumou para o outro carro, o vermelho, das emergências. Rezava para que tivesse sobrevivido às facadas, que diabo, não estava a ser perseguido pois não?

À primeira vista não, o segundo carro estava intacto, a vender saúde japonesa. Arrancou num chiar de pneus, a bola inquieta no banco ao lado, a fazer-lhe cócegas à imaginação, daqui a dias começa o mundial, o jogo prestes a engrenar.

José Prata entrou em campo cheio de arroubos patrióticos. O jogo prometia ser igual ao das outras semanas, mas ele sentia-se já capa de revista, titular absoluto das cores nacionais, Portugal, Portugal. E depois, havia aquela raiva toda, os pneus furados, os filhos da mãe dos arrumadores, o mundo cheio de vândalos, vamos mas é marcar golos, golos e mais golos.

Entusiasmou-se, ouvia cânticos na cabeça, claques em delírio. A equipa inimiga apertava o cerco, aí vêm eles outra vez em contra-ataque, olha, perderam a bola, vamos lá apanhá-la, corre, corre.

Nunca chegou a perceber o que lhe tinha acontecido, o pé falhou a bola, coisa aliás habitual, mas acertou em cheio no chão de cimento, proeza rara mesmo nos piores dias. E de pronto aquela luz a acender-se na cabeça, uma coisa quente, instantânea e fotográfica, um tremendo *flash* de dor.

Saiu a coxear do campo, indiferente já à vitória da equipa, à taça perdida, às vaias. O pé ameaçava ossos quebrados, meses de gesso, cama, catátrofe. Era meio dia, do dia 11 de Maio. Faltava menos de um mês para o início do Mundial. Faltavam 27 dias para que José Prata, escritor amador, lançasse o primeiro livro, Os coxos dançam sozinhos.

No país do futebol, em pleno domingo, ainda de fato de treino, o atleta foi para o hospital. Naquele momento, as datas eram-lhe irrelevantes, vibrava ainda no calor do futebol, preocupações só uma: quando voltarei a jogar.

Entrou na sala de raio X num pé-coxinho firme, em bravatas de profissional. Saiu de lá uma hora mais tarde, de cadeira de rodas, empurrado por uma enfermeira diligente, condenado *sine die* à sinistra companhia de um par de muletas.

O atleta que tinha entrado nas urgências saía transformado num vulgar mortal, e não apenas vulgar, como coxo. E na cabeça dele uma frase insinuava-se: os coxos dançam sozinhos, os coxos dançam sozinhos.

Amaldiçoou o destino maléfico, invocou horóscopos e amuletos, em vão. Dentro do taxi, a ouvir nostálgico um relato da bola, pendurou mentalmente as chuteiras. O futebolista coxo despedia-se dos relvados, agora era apenas um escritor coxo, à beira de apresentar um livro de coxos, a história que isto dava.

Ou histórias. Imaginava já os jornalistas no dia do lançamento, sorriso escarninho nos lábios, a compôr títulos, mil e uma variantes: *A explicação dos coxos, O fado dos coxos, O auto dos coxos.*

Chegado a casa, enquanto rastejava para o elevador, José Prata tinha sucumbido à imaginação, consultava a agenda, verificava em pânico os compromissos, as entrevistas marcadas. Adivinhava a queda aparatosa no programa televisivo, via-se já na sessão de autógrafos da Feira do Livro, sentado tristonho a um canto, as muletas ao lado, a mesa a encher-se de moedinhas largadas pelos transeuntes.

Ou pior, o próprio dia do lançamento. António Lobo Antunes acabadinho de chegar de Bordéus, coberto por mais um manto de homenagens, a subir a escadaria, a entrar na sala e descobrir, estarrecido, o escritor coxo, o autor do livro dos coxos, em acrobacias de muletas no meio da pista.

Cenários infinitos de terror, milhares de histórias, José Prata passou-as todas em revista. Até que imaginou esta, um conto feito à medida, um conto dedicado a António Lobo Antunes.

Mas não fosse o diabo tecê-las, e o escritor apanhá-lo com as muletas em baixo, no dia anterior ao lançamento José encheu-se de coragem. Claudicou quilómetros até ao correio e lá deixou com selo urgente a carta aviso, outra história, a última:

Caro António
Espero que esta o encontre de boa saúde, coisa de que não me posso gabar. Não lhe vou recitar lugares comuns, a vida imita a arte etc., apenas comunicar-lhe o facto: estou coxo.
Tão pouco o vou maçar com detalhes, a entorse, os ligamentos "esgarçados" e demais traumas. Garanto apenas que não é manobra publicitária, amanhã (hoje) farei os possíveis para esconder as muletas e o pé boto. E mais lhe digo, para que fique descansado: prometo não dançar.

1

PORTO BRANDÃO INVESTIGA

Estou no quarto e não estou sozinho. À minha frente, deitada ao comprido, de barriga para baixo, está a velha que matei hoje de manhã. Bem morta, nua de todo, as banhas esparramadas pela alcatifa. Um mimo. O problema foi terem destacado para o caso o inspector Brandão — e caso não saibam o Brandão sou eu, Porto Brandão, prazer em conhecer-vos.

Há outro problema, talvez mais grave. Saiu-me na rifa o inspector estagiário Abílio Alminha. Desde que as hemorróidas mandaram o Pinheiro para a reforma antecipada tenho de trabalhar com esta abécula. Para além de pegajoso, Alminha não prima pela inteligência:

— Arriaram-lhe forte e feio, *Boss* — diz-me ele, clarividente.

(Na cabeça do Alminha, o estado da velha só se explica face a um ataque colectivo, um agressor sozinho nunca poderia ter feito aquele trabalho.)

— Foi morta a pontapé, *Boss*. Devem ter sido os quatro suspeitos do costume.

(E antecipo num calafrio os dias que se seguirão, os *Boss* repetidos *ad nauseam*, as noitadas na base em Alminha companhia, os almoços e jantares necessariamente partilhados.)

— E os sacanas não só lhe esmagaram a cabeça a pontapé, como ainda por cima lhe coseram a boca com linha de pesca — continua ele. — Não bate certo, *Boss*. As outras gajas foi só ao pontapé, não havia cá costuras.

(Costuras? De que raio fala ele? Sinto um arrepio no espinhaço, não me lembro de ter cosido boca nenhuma — embora a ideia não seja isenta de poesia.)

— Mas ó Alminha, tens certeza? — pergunto.

— Absoluta, *Boss*. Foi a primeira coisa em que a Dra. Florbela reparou quando cá esteve. E sabe que mais? Ela suspeita que os assassinos cortaram também a língua da vítima.

(Florbela é a médica legista, uma lasca, se querem saber. Por causa dela até fui a umas aulas de ioga. Tempo perdido. Aquela só abre as pernas com mantras.)

Olho à volta, uso o guarda-chuva para levantar a cabeleira loira pintada, observo a boca da gorda com ar entendido. Tenho de fingir que trabalho, afinal sou o inspector, certo?

— O que te leva a crer que foram vários assassinos, Alminha?

— Os peritos encontraram várias pegadas diferentes, quatro ou cinco, tal qual nos outros casos. E um homem sozinho nunca poderia ter arrastado esta baleia da janela até aqui.

(Não podia uma ova, ainda me doem as costas, maldita escoliose. Fui eu que arquei com o peso morto e o dispus artisticamente no chão, em pose de crucifixo, *ars longa*, *vita brevis*, a vida é breve, a arte perdura. As marcas das sapatilhas também se explicam, tenho quatro pares em casa, gosto de chapinhar com elas nas poças de sangue, para dar efeito. Quatro modelos da *Nike*, uma pipa de massa, 77 contos na *Sport Zone*, já com o desconto do *Cartão Sport*.)

— Podia ter sido um único gajo com vários sapatos — arrisco.

(E no próprio momento em que o digo, quase me arrependo, se calhar estou a exagerar, não devo menosprezar o animal. Mas quando observo o efeito das minhas palavras no Alminha, até consigo visualizar a informação a percorrer — lenta, lentamente — as suas circunvalações cerebrais. À procura, claro, da saída mais óbvia):

— Ná. Isto foram pretos de certeza. As pegadas são todas de *Nike*.

(Olho em volta novamente, os peritos estão quase a abandonar a cena do crime, com as suas máquinas fotográficas e pozinhos de perlimpimpim. À excepção dos fardados, usam todos sapatilhas *Nike*. E nenhum é preto. Assim nem dá gozo gozar com o Alminha.)

2

ENTRA O MAJOR ALVEGA

Acordo ressacado, com um telefonema do meu diligente inspector estagiário.

— Boa tarde, *Boss*. O Alvega anda à sua procura que nem um doido. Já viu o *24 Horas*?

O Alvega é o inspector chefe, mais conhecido por Major Alvega. Se ele se meteu ao barulho, a coisa é grave. Despeço o Alminha com um simpático "vai-para-o-caralho-e-nunca-mais-me-voltes-a-telefonar-a-esta-hora" antes de olhar para o relógio e constatar que não, afinal não são duas da matina, mas sim duas da tarde, portanto 14. Estou teoricamente atrasado mais de meio-dia.

Levanto-me a pensar já nas desculpas que vou dar ao Alvega, enquanto reviro o saco da roupa suja à procura de uma camisa apresentável. Não encontro, visto uma *t-shirt* limpa e um casaco preto, estou transformado em polícia americano. Vomito no lavatório, lavo os dentes no mesmo.

Depois limpo o vomitado, uma chatice, o ralo cheio de grumos, e saio para a rua.

Três *Coca-Colas* mais tarde passo pelo quiosque. Não há *24 Horas* à vista.

— Boa tarde, Sr. Inspector — cumprimenta-me o Cara de Anjolas do quiosque. — Isto hoje é que foi vender em grande, 50 jornais em menos de meia hora! Mas guardei um para si, Sr. Inspector, assim que vi o seu retrato pensei, "O Sr. Inspector vai querer ver isto de certeza", de modos que aqui está, é o último.

E continua a falar, eu nem o oiço, recebo o jornal dobrado ao meio, temo o momento de o abrir e encontrar a manchete, que lá está, confirma-se, tamanho garrafal: **GANG MATA MAIS UMA**. E embaixo, letras menores: TERCEIRA MULHER ASSASSINADA ESTE MÊS — POLÍCIA ÀS CEGAS.

O polícia às cegas, está bom de ver, sou eu próprio, numa bonita fotografia de arquivo, ao fundo da página três. Não estou mal de todo, alguns anos mais novo, de óculos escuros e blusão de cabedal, braços cruzados, encostado a um furgão da PSP (para polícia às cegas, só me falta a vareta). Devem ter comprado a foto aos tipos do *Expresso*, quando fizeram aquela reportagem da tanga sobre as rusgas na Curraleira. Só lamento o blusão, não realça o cabedal, passo eu horas no ginásio para quê?

— Não se fala de outra coisa, Sr. Inspector — a voz do anjolas do quiosque regressa-me aos neurónios, um ruído que cresce. — A primeira vítima foi morta mesmo aqui ao lado, na Almirante Reis, naquele prédio que tem um centro comercial de indianos. Dizem que foram quatro pretos, enormes, mas o Sr. Inspector deve saber melhor do que ninguém. De certezinha que já tem algumas pistas, não é verdade?

Faço ar de *top secret*, "sabe como é, *confidential, confidential*", finjo que me esqueci de pagar, e deixo-o a falar com os jornais. Ele ainda esboça o gesto da mão estendida, à espera da moedinha, mas aqui não há pão para malucos.

Reposiciono os óculos escuros (não são os mesmos da foto, comprei uns *Armani* novos no Colombo, 22 mocas). Levo o jornal enrolado debaixo do braço (uma foto, ena!, este é para arquivar) e meto-me no carro. O arrumador da esquina nem dá pela vaga recém-aberta, está entretido a ler o *24 Horas*, página 3, a minha foto dos idos áureos. Ó tempo, volta para trás...

O Papá foi-se embora. Um dia de manhã veio dizer-me adeus à cama. Trazia na mão a malinha preta que costuma usar sempre que o chamam do hospital. A pele dele cheirava a coisas frescas, a barba não me picou a cara.

A Mamã diz que ele foi destacado para o Norte, há lá Guerra, muita gente com feridas, precisam do Papá para tratá-las, por isso levou a malinha preta. O Batista, que é o nosso criado, diz que no Norte os pretos maus andam a matar os brancos ao tiro e à catanada.

O Batista mora num quartinho no fundo da casa, atrás do quintal. Nos dias em que o Papá volta para casa veste uma roupa branca muito engraçada, com uns botões dourados, e depois vem servir a comida à mesa.

Ele não é preto, mas também não é branco, tem um livrinho muito engraçado com palavras que me ensina às vezes, já decorei duas, mainato e canimambo, *mas não me lembro o que querem dizer.* Chicuco *sei, é o quartinho onde mora o Batista.*

3

AQUI HÁ SAPATO

— Isto da boca costurada é que me está a intrigar, chefe — digo ao Alvega. — Até aqui era sempre ao pontapé. (Uso o discurso típico do estagiário Alminha, é o mais eficaz quando se lida com as chefias, esperteza saloia *oblige*. As novidades, no entanto, apanham-me de surpresa):
— Não me venha com essa treta da boca costurada — explode o Alvega. — Cá para mim sua excelência ainda nem se dignou a ler o relatório, ou será que estou enganado?
(Não, não está. A puta do relatório só deveria ser entregue ao fim da tarde — e ao que parece já é fim de tarde. Ou então os nossos génios do laboratório estão a pecar por excesso de zelo — bastou uma manchete no *24 Horas* e é como se tivessem fogo no cu.)
— Pois é, o relatório, sabe como é, estive a noite toda a investigar nos bares da zona... (A zona do Conde Redondo, refira-se, e a minha investigação só foi conclusiva num ponto: o *whisky* do Elefante Vermelho é definitivamente marado.)

Ao que parece há lá muitos grupos de negros a frequentar o bairro, mas quatro, gigantes e de sapatilhas *Nike*, ninguém viu...
— Quatro não! Cinco, Brandão! Cinco! O relatório indica cinco tipos de pegadas. As quatro do costume, tamanho 45, e um par que eles nunca tinham visto antes: sapatinhos finos, sola de couro, tamanho 42, afunilados na ponta. Há um quinto gajo envolvido, percebe? Se calhar até é o cérebro.
(Calma aí, o cérebro sou eu, e só uso sapatos com sola de borracha — têm mais aderência, fazem menos barulho a rebentar portas.)
— Pois é, chefe, então não há dúvidas. Os quatro pretos mataram a velhota, e o quinto elemento costurou-lhe a boca!
(Elementar, meu caro Alvega. Eu sou, por assim dizer, os quatro pretos. Agora quem é o quinto elemento, desconheço. A intriga complica-se.)
— Brilhante! Temos não quatro mas cinco tarados à solta e tudo o que vossa excelência faz é passear-se pelos bares à procura de pistas. Desapareça da minha frente! E não se atreva a pôr os pés no meu gabinete enquanto não tiver algo de concreto para me dar, entendido?
Bato a pala e os calcanhares e dou meia volta. Uma má ideia, o chefe não está para brincadeiras militaristas. Escapo por pouco à lista telefónica que o banhas me atira à cabeça. Enquanto me preparo para fintar novos projécteis sou salvo pelo telefone, que toca imperativo. O chefe atende, perfila-se em sentido — "Sim Sr. Director", "Não Sr. Director", "Sim, imensas pistas, Sr. Director".
(Para que não restem dúvidas, não há pista nenhuma. A Judiciária anda completamente à nora desde o primeiro assassinato, há coisa de um mês. Únicos factos apurados: as

vítimas são todas mulheres na casa dos 50/60, gordas q.b.; a causa da morte foi sempre espancamento e as senhoras eram invariavelmente de moral duvidosa — embora uma delas estivesse colectada como decoradora de interiores.)

Saio do gabinete. Fecho devagarinho a porta envidraçada, encontro o Alminha fielmente perfilado à saída. Não tem a língua de fora, pouco falta.

— Eia, *Boss*, o Alvega estava mesmo com os azeites — diz-me ele. — Se calhar devia ter-lhe dado o relatório antes do *Boss* entrar para a reunião, não?

Olho para ele, olho para o Alvega a suar ao telefone e não tenho dúvidas. Abro a porta, espero que o chefe termine a chamada e atiro-lhe à queima-roupa:

— Desculpe lá, ó Alvega, mas isso dos sapatos de couro afunilados na ponta deixou-me a pensar. Que número é que calça?

Encolho-me, mesmo a tempo de ver o pisa-papéis voar sobre a minha cabeça. Acerta em cheio no nariz do Alminha. Ena!

Gosto muito da Mamã, quase nunca me bate, e até me dá moedas às vezes, quando lhe cuido dos pés. Com o dinheiro vou comprar soldadinhos ao Sr. João, vêm em sacos de plástico pequeninos, estão pendurados junto à caixa, numa coisa de ferro que roda.

A Mamã tem uns pés bonitos, muito compridos e brancos. Mas como faz muito calor aqui, ela anda sempre de sandálias, e depois queixa-se que a pele lhe seca.

Desde que o Papá saiu de casa, nós dois vamos muitas vezes para a Cama Grande. Ela dá-me uma lima fininha, e eu fico a limar-lhe as unhas, enquanto ela lê as notícias no jornal. Depois passo-lhe um creme branco nos pés e esfrego muito.

Outras vezes, quando já lhe limei as unhas, deito-me ao lado da Mamã, ela abraça-me com força, eu fico com a cabeça encostada ao peito dela, que é fofo e branco. Só estamos nós dois em casa, é muito bom.

Os jornais cheiram a velho, têm muitas fotografias de soldados.

4
DONA AIDA, A PORTEIRA OPERÁTICA

Não, não é um telefonema do Alminha. "Estou, estou sim", berro para o bocal, segundos antes de perceber que afinal é a campainha, definitivamente histérica. Alguém vai morrer hoje, sinto-o na pele, ninguém me acorda a esta hora.

Visto o roupão à pressa, imponho-me umas cuecas para dominar o inchaço matinal (ai a Florbela) e vou para a varanda com o revólver em punho: "Quem é?", pergunto lá para baixo. Não está ninguém, como é evidente, a campainha é cá em cima, está tudo a dormir na minha cabeça.

Seja quem for a besta, já está à minha porta. Confiro as munições, rezo para que seja uma velhinha Jeová (ou duas, elas andam sempre aos pares), ensaio ao espelho o *rictus* Clint Eastwoodiano: *Make my day*.

Abro a porta de rompante, revólver a postos:

— Ai Sr. Inspector que me mata, ai Virgem Maria!

(É a porteira. Gordalhufa, manga cava a expor as brancuras. Encolhe-se no chão, está praticamente de joelhos, operática.)

— Desculpe, Sr. Brandão, desculpe. Era só uma encomendazinha do correio. O carteiro fartou-se de tocar à campainha, e como ninguém atendia, deixou-ma lá em casa.

E exibe-me a encomenda, um pacotinho ridículo, erguido sobre a cabeça.

— Escusava de se maçar, Dona Aida — respondo magnânimo. — Desculpe lá o revólver, sabe como é, eles andam por aí...

Faço um gesto vago com o revólver, o cano aponta para a balofa como por descuido, ela encolhe-se ainda mais.

— Pois é, Sr. Inspector, isto é uma vergonha, agora até já andam a matar as mulheres aqui da zona, ainda há dias estava a falar com a vizinha do terceiro esquerdo e ela...

Pego o pacote, fecho-lhe a porta nas trombas, vou para a sala.

O momento é solene, adoro encomendas, nunca recebi nenhuma. Esta não tem remetente, se calhar são todas assim, se calhar não. O meu cérebro de polícia suspeita, são muitos anos disto, será uma bomba?

Sacudo e nada, bomba não é. Fruta em calda? Salsichas? O tamanho corresponde, o chocalhar dos líquidos idem. Dentro da caixinha há outro embrulho e um *post-it* cor-de-rosa choque: "Pela boca morre o peixe". Assim, sem mais.

E embrulhado no papel encontro um frasco, normalíssimo, a não ser pelo conteúdo: a língua da velha mergulhada em formol. Hum. Tenho um admirador anónimo, portanto. Ou admiradora, que nisto dos anónimos não há sexo definido.

5

O QUE DIZ BRANDÃO

— Eia, *Boss*, a Dra. Florbela tinha razão, alguém cortou a língua da terceira vítima — conclui o Alminha. — Tomei até a liberdade de voltar à casa da senhora para procurar a língua, com cães e tudo. O Chefe Alvega diz que é para a gente não se preocupar com as despesas, o caso é grave, os jornais andam malucos.

(As minhas têmporas estão a latejar, deve ser da ressaca, olho para a língua do Alminha com curiosidade científica, visualizo alicates. Aprendi a visualizar nas aulas de ioga, nunca mais me esqueci. A guru estava sempre a dizer, "agora visualizem uma nuvem branca e fofa". E eu a visualizar os peitos brancos e fofos da Florbela.)

— Não te preocupes, Alminha, mistério resolvido. Já descobri a língua, trouxe-a comigo.

(O Alminha olha-me para a boca, vá-se lá saber porquê. Deve ser um daqueles fenómenos de associação livre

— peçam-lhe para juntar "branco" e "vaca", e ele responde sempre "leite". Não resisto, chicoteio a minha língua entre os lábios, provocante.)

— Ai o chefe, sempre brincalhão... — embaraça-se o Alminha.

(Agora reparo, ele tem o apêndice nasal inchado, sensivelmente do tamanho de uma batata média, deve ter sido do pisa-papéis. É caso para se dizer, *displicuit nasus tuus*, o teu nariz desagrada-me.)

— O que é que estavas à espera, ó camelo? Está aqui a língua, toma.

Empurro-lhe o pacote para as mãos, mas logo me arrependo, foi uma ideia infeliz. O Alminha é novo nestas andanças, mal abre a caixinha e topa o conteúdo as mãos tremem-lhe, suam, lá se vai o frasco em queda picada. Estagiários, pff.

O estrondo ecoa no corredor inteiro, o pivete do formol propaga-se. Atraído pelo barulho, o Major Alvega materializa-se lá ao fundo, vem a resfolegar:

— Estamos numa *boîte*, ou quê? Não têm nada melhor para fazer do que andar aqui a partir copos?! — vira-se para mim, assassino. — E não lhe tinha dito para não me aparecer à frente até ter qualquer coisa concreta?

(Só então repara no lago de formol, na cara sofredora do Alminha que tenta esconder as calças manchadas, na língua eroticamente caída no chão. Soma dois mais dois, resplandece):

— Eh pá, a língua da velha! Até parece que está viva — põe-se de cócoras, observa-a embevecido. — Assim sim, Brandão! — (Levanta-se, estende o braço direito por cima dos meus ombros, paternal.) — Sim senhor, eu sabia que podia contar aqui com o rapaz. E então, onde é que o meu amigo foi desencantar a língua?

— Na caixa do correio, pois então.

— Na *sua* caixa do correio? Mas como é que ela foi lá parar?

— Pelo amor de Deus, Chefe! Claro que não foi na *minha* caixa do correio, o Chefe tem cada ideia! Ontem à noite fiquei aqui a remoer aquela história da boca cosida, nem conseguia dormir. Depois pronto, concluí, está bom de ver, a boca cosida tinha de ser uma mensagem dos assassinos. De modo que levantei-me de madrugada fui à casa da velha e revirei-a de cima a baixo. E lá estava, na caixa do correio, o frasquinho de formol.

— Boa, Brandão, sim senhor! Estás a ver, ó Alminha, isto é que é dedicação, isto é que é amor à camisola! — (Continua abraçado a mim, o sovaco gorduroso colado ao chumaço do meu casaco, *5 à Sec* cá vou eu.) — E se aqui o Alminha não tivesse partido a puta do frasco se calhar até descobríamos impressões digitais.

— Bem, Chefe... — interrompo.

— Diga homem.

— É que havia uma mensagem junto com a caixa.

— E então? Desembuche!

— Era dirigida ao senhor... tenho-a aqui na pasta. Com a sua licença...

Tiro do bolso um par de luvas de látex, começo a calçá-las em câmara lenta, oiço ao longe um rufar de tambores. Seguro o envelope na ponta dos dedos. Retiro a carta lá de dentro. A mensagem está escrita com letras de jornal, tipo pedido de resgate, em caracteres gordos, recortados do *24 Horas*: **PÕE-TE A PAU ALVEGA, A CULPA É TUA.**

A Carolina está a descer a rampa da escola onde eu ando, vem de uniforme, saia aos quadrados, camisa vermelha. Estou na casa do Anselmo, a vê-la descer, pernas gordinhas, nariz de rato, o cabelo escorrido apanhado num carrapito.

O Anselmo toca piano, no quarto com janela virada para a rua. A mesma janela onde estou agora, onde de vez em quando se apoiam cotovelos de gente que passa, que cumprimenta o pobre ceguinho. Não que ele seja realmente cego, ainda vê qualquer coisa, de um olho ou de outro, não sei, estão os dois sempre cheios de ramelas, que as lentes dos óculos tornam maiores.

Sei, isso sim, que todo ele inspira pena, magro, ossudo, a corcunda fossilizada por horas e horas passadas a martelar as teclas, todo curvado, o nariz cheio de pontos negros quase encostado à tampa do piano.

Às vezes canta também, mas é raro, coisas dos Beatles e assim, quando vêm cá os colegas da escola, pedir música ao ceguinho. Quando gozam com ele na escola afasto-me, fico a ver tudo de longe. (Ele também não me vê, não é? Não pode saber que não estou lá quando devia estar.) Mas corta-me o coração vê-lo irritado, a investir contra os outros miúdos numa fúria de ossos desconjuntados, então sim, dá mesmo pena vê-lo.

O Anselmo tem treze anos mas ainda está na primeira classe, é meu colega. Tem duas irmãs mais velhas, são quase da idade da Mamã, é por isso que venho cá tantas vezes. São conhecidas na escola, já lá andaram, agora não andam.

Talvez trabalhem, quase nunca param em casa. Houve dias em que as vi no pátio, de biquíni, a apanhar sol (uma é roliça, tem cara de bebé, a outra magra, nariz de gavião).

E no quarto de banho vejo muitas vezes as cuecas delas penduradas. São brancas, algumas nem por isso, são amareladas no meio. Costumo cheirá-las.

A Carolina já desceu a rua, dobrou a esquina lá embaixo. Ouvi dizer que tem um avô que mora na rua principal, e todos os anos compra um carro novo. Há dias cruzei-me com ela no passeio, vinha de uniforme, o passeio era estreito. Afastei-me um pouco para deixá-la passar, ela cheirava a sabonete.

6

SAI O MAJOR ALVEGA

— Eia, *Boss*, qu'isto aqui cheira mal como o caraças.
— Quem cheira mal és tu, ó Cara de Formol, bem podias ter ido a casa trocar de calças.
— Ná. E deixava-o aqui sozinho, *Boss*? Nem pensar, estamos juntos nisto, onde o Sr. Inspector for eu vou atrás. E ainda mais nestes momentos difíceis, estava a ver que o Alvega esticava o pernil ali mesmo...

(Não esticou, foi uma pena. Mas assistir à queda valeu a pena. O Alvega parecia uma torre de sebo a desmoronar-se em câmara lenta, os sucessivos pneus de banha a desabar uns sobre os outros até ao impacto final na piscina de formol, a cabeçorra a cair em cheio no meio dos cacos de vidro, a língua dele, arroxeada, colada à roxa língua da velha.)

— Pois é, coitado do Alvega. — (Faço olhos de gato-pingado.) — Ia lá adivinhar que ele era cardíaco!

— Como não, *Boss*!? Com este foi o terceiro enfarte em menos de um ano!

— Palavra? Se eu soubesse...

(Na verdade sabia, e agora que penso nisso acho que a mensagem foi demasiado branda. Devia ter sido qualquer coisa um pouco mais directa, género **vais lerpar não tarda, minha grande besta**. É o que dá fazer as coisas à pressa. E agora aqui estou eu, apeado com o Cara de Formol, na sala de espera do Hospital de Santa Maria.)

— Não te encostes tanto, pá, ainda me manchas as calças.

— Desculpe, *Boss*, sabe como é, estas cadeiras são tão pequeninas.

Toca o telemóvel, a música do 007. Aqui não tenho rede, é melhor ir lá para fora. De caminho tropeço numa maca atravessada no corredor. Deitado nela está um *junky*, a babar-se de *overdose*, nem aqui me deixam em paz. "Ei, bacano, não me adiantas um cigarrinho?" Dou-lhe um cigarro novinho em folha, aproveito e enfio-lhe a beata ainda acesa no bolso das calças, não tarda muito já aqueces, ó anormal.

— Estou sim? Daqui fala Brandão, Porto Brandão.

— Boa noite, Sr. Inspector, desculpe lá o incómodo. E do Major Alvega, boas notícias?

(É um estagiário. A telefonar da sede da PJ, o edifício da Gomes Freire, também conhecido como base.)

— Talvez se safe, coitado — respondo pesaroso. — Vamos ver, vamos ver. E o relatório da Dra. Florbela, novidades?

— Era por isso mesmo que lhe estava a telefonar, Sr. Inspector. Confirma-se, a língua era mesmo da terceira vítima. Segundo a Doutora foi arrancada.

— Arrancada!?
— Quer-se dizer, cortada com um instrumento tipo bisturi.
— Ena!
— Pois é, a Dra. Florbela só apresentou o relatório preliminar, amanhã dá-nos mais notícias. E quanto à carta, também é muito estranha. Ao que parece foi escrita com letras da edição de hoje do *24 Horas*, sabe, a edição em que vinha a fotografia do Sr. Inspector...
— E daí?
— Bom, se a carta foi encontrada ontem, como é que podia ter sido escrita com letras da edição de hoje?
(Irra, que picuinhas me saíram estes gajos.)
— Está sim? Alô? Sr. Inspector? Alô, alô?
— Cala-te, pá. Não vês que estou a pensar? Diz-me lá, quem é que poderia ter acesso a uma edição do *24 Horas* antes da dita sair para a rua?
— Sei lá, Sr. Inspector, tanta gente. Os gajos das rotativas, o pessoal da distribuidora...
— E há pretos a trabalhar nas rotativas?
— Pretos, Sr. Inspector?
— Sim, minha grande besta, pretos, escarumbas, *blacks*. Percebes ou tenho de fazer um desenho? Quero o *24 Horas* passado a pente fino, os homens das máquinas interrogados um a um, vejam se há lá pretos. Ou gajos que calcem *Nike*, tamanho 45.
— É para já, Sr. Inspector, não se preocupe que vou lá mandar o Silva.
(O Silva também é estagiário, tem a inteligência do Alminha — aliás até me admira que não sejam da mesma família.

E por falar no Alminha, lá vem ele. Para além de tresandar a formol, agora tresanda a formol carbonizado):

— Isso são condições de se apresentar, ó Alminha? Já viste o estado da tua cara? Até parece que andaste a passar graxa no trombil. É um disfarce? Cá para mim estás armado em *undercover* para interrogar os pretos...

— Desculpe lá, *Boss*, é que estive a ajudar o pessoal da segurança a apagar um princípio de incêndio. Não deu pelo alarme? Olhe ali para a porta, aquilo está a abarrotar de bombeiros.

— Que engraçado, agora que me falas nisso...

— Foi um toxicodependente chefe. Acho que o desgraçado estava lá dentro a fumar e com a pedra nem deu pelo cigarro a cair na maca. O tecido era de poliéster, pegou fogo que foi uma beleza, mais um pouco ardia o hospital todo, Alvega incluído. E o rapaz, coitado, foi desta para melhor. Tantos anos na droga e depois isto...

Todos os meses o Papá vem para casa. Chega sempre à noite, e nesses dias posso ficar acordado até mais tarde. Quando o jipe verde pára à nossa porta já eu estou de pijama, a brincar com os soldadinhos no meu quarto.

A Mamã desce a correr e abraça-se ao Papá, ficam muito tempo agarrados um ao outro. Eu espero na porta até eles acabarem o abraço, e então o Papá dá-me dois beijinhos. A boca dele cheira a podre, a barba pica-me, parece a lixa que uso nos pés da Mamã. Pega em mim ao colo e leva-me lá para dentro, eu num braço, a malinha preta no outro. O soldado do jipe verde carrega as malas grandes, bate a pala ao meu pai e vai-se embora.

Comemos sempre soufflé, *é a Mamã que serve, o Batista nesses dias vai mais cedo para* o chicuco. *A Mamã fala muito, conta coisas dos vizinhos, das conversas dela com a minha professora, das filas para comprar pão. O Papá não diz quase nada, fica a comer de cabeça baixa e depois vai sentar-se no sofá grande, a ler jornais.*

A mim mandam-me logo para a cama, eles só sobem mais tarde, sei porque muitas vezes acordo com o barulho que fazem no quarto ao lado. Nesses dias espreito pelo buraco da fechadura, mas dali não se vê a Cama Grande, só a Mamã às vezes, a andar de um lado para o outro sem roupa. Ela tem muitos pêlos no meio das pernas, são escuros, como o meu cabelo. Mas o cabelo da Mamã é dourado.

7

PASSATEMPO BRANDÃO

Já me livrei do Alminha, mas ainda sinto na pele o cheiro a formol, aquilo deve ser contagioso. É melhor apanhar um táxi para o aeroporto, gosto de andar em Lisboa à noite, faz-me bem ao *stress*. A história da língua não me sai da cabeça, anda aí um engraçadinho à solta, quer brincar comigo. Pela boca morre o peixe? Será uma cena da Bíblia? Ena, já estamos no aeroporto, do Santa Maria aqui foi um tirinho.

Pago a corrida, vou para a fila de táxis das chegadas internacionais. Estamos num dia bom, há pouca gente, não tenho de esperar muito. É melhor deixar esta brasileira idiota passar à minha frente, quero apanhar um *Mercedes-Benz*, são os meus preferidos. Quanto maior a cilindrada mais frustrado o motorista, é uma lei universal. Entremos pois, já sinto a adrenalina a correr.

— Então, chefe, para onde vai ser? — pergunta a besta ao volante.

— Boa noite, já agora! É para a Encarnação.
— Encarnação? Deve estar a mangar comigo! A Encarnação é mesmo aqui ao lado!
— E então amigo, vai haver problema?
(Problemas tenho eu, e neste momento estou a tratá-los. Apanhar táxis no aeroporto é a minha terapia. Entro no primeiro *Mercedes* que aparece e depois encomendo uma corrida ao calhas, cujo preço total não exceda os quinhentos escudos, aqui não há pão para malucos. Hoje pedi Encarnação):
— Problemas? Claro que vai haver problemas! — exalta-se a besta. — Problemas para mim amigo, problemas para mim! Estou nesta fila vai para quatro horas, nem sequer jantei. E depois aparece-me o senhor e pede-me para ir para o outro lado da rua! Bem podia ter apanhado um avião!
(Fala muito alto, o taxista. Também tem problemas. Fala cada vez mais alto aliás, nem sequer consigo ouvir a bola. Quando saímos do perímetro do aeroporto já ele vai aos berros. Tanto melhor, acabámos de entrar na Zona Sossegada. Ninguém nas ruas, poucos carros. Passemos ao contra-ataque):
— Ó meu amigo, por onde é que pensa que vai? Eu disse Encarnação, está a perceber? Chegado aí à rotunda enfie-me pela direita, que é para a gente não se chatear.
— O senhor pensa que manda aqui ou quê? Vamos lá ver a brincadeira!
Chiam os pneus, travagem brusca, o meu corpo musculado é projectado para a frente, já com o crachá na mão, a reluzir prepotência:
— Parece que és surdo, meu cabrão! — (A minha voz é um rugido, sai do fundo da garganta, treinei imenso ao

espelho.) — Olha bem para aqui, olha bem para o meu retrato, ó caramelo. Queres vir passar a noite à esquadra ou quê?

(A minha cara está encostada à cara dele, o meu bafo na orelha dele, voam perdigotos. É uma cena básica de demarcação do território, aprendi naqueles programas da natureza, com leões e assim. O braço do taxista fora da janela é uma extensão vomitante dele próprio, o ego expande-se para além do táxi, invade a cidade. Os meus dois braços, um a segurar-lhe a cabeça, outro a esfregar-lhe o crachá no nariz, são uma espécie de antivómito. Funciona quase sempre.)

— Tenha lá calma, chefe — balbucia. — Tenha lá calma.

— Calmo estou eu, paneleirote, calmo de mais! Tu agora metes a mudançazinha, fazes o pisca-pisca como manda a regra, entras devagarinho na rua e vais andando. E já que não querias virar à direita, pois bem, vamos em frente.

— Mas a Encarnação...

— Encarnação uma ova! Tu fica mas é de bico caladinho! Eu dou as ordens e tu obedeces, topas? Vou dar um exemplo: Quando chegares ali ao semáforo viras à esquerda. É básico, não é? Até tu consegues perceber.

— Mas...

— Caluda!

Enfio-lhe o crachá no olho, tipo bandarilha, Olé!, só para acalmar os ânimos. A besta acalma-se, já não era sem tempo. E depois é o costume: "Agora acelera", "agora vira à esquerda", "apanha aquele verde", durante 15 minutos, até chegar à minha casa. Hoje não teve muita piada, às vezes eles dão mais luta.

O Anselmo é filho de um vereador, o pai nunca está em casa. Dizem que trabalha muito, para sustentar o ceguinho e as filhas que não fazem nenhum, que andam sempre pintadas. A mãe também é raro vê-la, quando ela aparece não saio do quarto onde está o piano, fico à janela, a ver se a Carolina passa na rua. Nos dias em que não está ninguém em casa, aventuro-me lá dentro.

Vou à casa de banho, à procura de novidades no cesto da roupa suja. E vejo televisão quando calha, no quarto virado para o pátio (as irmãs só lá estão estendidas no Verão). Há uma criada em casa, mulata, acho que não é muito boa da cabeça, está sempre a cantar baixinho.

Um dia estávamos a ver TV e ela quis ver também. Tentou sentar-se no sofá e eu andei de um lado para o outro a ver se ela se sentava no meu colo. O Anselmo ria-se, um ceguinho só pode gozar com a criada.

8

TALVEZ PODER

O Alvega II entrou em acção, chama-se inspector Furtado. Como é o mais velho da nossa secção, acaba de subir ao poder, pelo menos até o outro ter alta do hospital. O Furtado não é inspector chefe. Mas um dia vai ser.

— Sente-se, Brandão. Como sabe, sou eu que vou tomar conta do caso até o Alvega se recompor.

— Não me diga.

— É verdade, tem de ser. Ontem, depois de vocês saírem... Não sei se soube, houve um princípio de incêndio no Santa Maria, umas confusões, o Alvega teve uma recaidazita.

— Nada de cuidados, espero.

— Podia ter sido pior, enfim, aquele fumo todo quase o mandava desta para melhor. Aliás, até estamos a investigar o caso, pronto, às vezes há ligações de uns casos com os outros, nunca se sabe, não é verdade? E ainda mais com aquela mensagem que o meu amigo encontrou, toda a cautela é pouca.

(OK, a situação é esta, estamos num avião, em voo picado, e nem sequer há volante.)

— Pois é verdade, aquela mensagem pôs-me cá ontem a matutar.

— Esteve a pensar, foi? — pergunta cínico o Furtado.

— É verdade, é verdade. Até descobri um padrão, veja lá.

— Um padrão em quê, Brandão?

— Um padrão nos assassinatos, ora essa.

(Ena, um padrão. Estou a criar um padrão. O volante, portanto, existe.)

— Sim, já reparou certamente, senhor inspector, onde se deu o primeiro, segundo e terceiro assassinatos: Avenida Almirante Reis, na esquina com a Rua Marques da Silva; depois outro no início da Rua Alves Redol e o último na Rua Viriato. Os crimes estão a formar uma linha. Essa linha está a formar uma curva. E a curva, onde acaba?

— Sei lá onde acaba, c'os diabos!

— Está aí justamente o problema, senhor inspector, nós não sabemos.

(Bom, e daí? Penso eu.)

— Bom, e daí? — pergunta o Furtado.

— Desculpe, mas é evidente. A curva aponta para a casa do Alvega!

— Porra! Como é que eu não tinha pensado nisso!

(Há uma ironia perigosa na voz do Furtado. Não, ainda não abocanhou o anzol. Vamos lá pôr uma minhoca):

— Cá para mim os assassinos devem ter umas contas a ajustar com o Alvega — arrisco.

— Ah é? Mas então como é que me explica que eles só matem mulheres?

— Exacto, é isso mesmo que temos de investigar. Vai na volta eram todas frequentadas pelo Alvega.

— Disparate, homem, o Alvega alguma vez foi dessas coisas?

— Sabe-se lá! Como é que explica uma trombose daquelas aos 58 anos?

(Não é que o Furtado seja burro. O problema dele é que não tem imaginação.)

— Essa teoria não cola, Brandão — resmunga.

— Ah é, então como é que explica as línguas cortadas? E a mensagem **PÕE-TE A PAU ALVEGA, A CULPA É TUA?**

(O pau acaba finalmente por acertar na cabeça do Alvega II, ele começa a vacilar, os Alvegas também se abatem. É o chamado *argumentum baculinum*, ou argumento cacete, em tradução literal):

— Devíamos começar por ver se havia alguma relação entre o Alvega e as gajas mortas — continuo. — Perguntar nas redondezas, às vizinhas, ver se havia algum cliente regular, que fosse lá muitas vezes e assim.

— E vamos andar por aí a mostrar a fotografia do Alvega? Deve estar maluco!

— Fotografia não. Vamos fazer umas perguntas, uma cena discreta, só para ver o que é que dá.

(Discreta mesmo. Se alguém descobrir alguma coisa, não serei eu com certeza.)

— Hum, não sei, essa história não me convence.

— Pois, se calhar tem razão… — (Afivelo o olhar resignado, os meus ombros curvam-se, derrotados.) — Ainda descobríamos alguma cena incriminatória sobre o Alvega e os tipos lá de cima metiam-lhe um processo… — (Começo a afastar-me, de rastos.) — Ninguém está aqui para lixar os colegas...

— Não senhor, nem pensar — emociona-se o Furtado.
— O Alvega é cá dos nossos!

(Está subitamente excitado, visualizo um anzol. Grande e ferrugento, está cravado na seca bochecha do Cara de Arenque, a ponta a sair pelo lado de fora, ainda em sangue.)

— Mas por outro lado, Brandão, nós somos gente séria — acrescenta ele condescendente.

— Seríssima, Chefe, seríssima!

— Pois então, se há uma suspeita, mesmo que insignificante, a gente tem que investigar. Doa a quem doer!

— Bom, se o Chefe o diz...

(Já o promovi a Chefe, não sei se topam. Também aprendi essa num programa da natureza. Falava dos cães do Pavlov, salivavam imenso.)

9

NIKE *SIM,* NIKE *NÃO*

— Está sim? Inspector Brandão?
(Por acaso estou, desde que atenda o telefone, estou sempre. Ou melhor, estou sempre, mesmo quando não atendo o telefone. Mas o animal do outro lado da linha ainda não apreendeu o conceito, e insiste):
— Está sim, Inspector?
— Sim! Estou!
(Estou mais precisamente a lavar as luvas de látex, na banheira, enquanto tento segurar o telefone com o ombro. Uso sempre as mesmas, ganhei-lhes carinho, é como se elas já soubessem fazer o trabalho sozinhas. Aliás, se calhar é essa a razão do telefonema):
— Encontrámos mais uma, Sr. Inspector.
(Eu não disse? Nunca falha.)
— Mais uma quê? Quem é que fala?
— Desculpe, Sr. Inspector, fala Josué Esteves, oficial graduado da 11ª Esquadra…

— E sabe que horas são, cabo de esquadra?
— Já passa das três, Sr. Inspector. Peço desculpa de estar a acordá-lo, mas houve outro assassinato. E a gente aqui suspeitamos que é mais um caso do *Gang Nike*.
(É oficial. Desde que o *24 Horas* descobriu a história das sapatilhas, o *gang* ganhou nome próprio. O director da Judiciária anda louco com a fuga de informação, até insinuou que eu tinha muitos amigos no jornal. Acho indecente.)
— Do *Gang Nike*? Então porquê?
— Bom, a nova vítima corresponde em quase tudo às últimas três. É branca, 56 anos de idade, loura pintada, cabelo armado, roliça, apresenta várias escoriações resultantes de pontapés. Ah, e a boca cosida com linha de pesca.
(Mau, o sacaninha voltou a atacar, mania de costurar as mulheres dos outros. É um abutre, é o que é. Ou uma hiena, vai dar ao mesmo, vi nos programas da *National Geographic*, são tudo animais da mesma laia, os necrófagos, de grego percebo eu.)
— Quer dizer então que o sacaninha voltou a atacar...
— O sacaninha, Sr. Inspector?
— Os sacanas, os gajos do *gang*.
— Engraçado estar a falar nisso, Sr. Inspector, é que desta vez parece ter sido só um assassino. Não há marcas de *Nike*.
— Como não!?
— Não há. Nem uma. A gente aqui também ficámos muito espantados.
— Não estou a perceber nada, mas afinal onde é que foi o assassinato?
— No Alto de São João, na rua, deixe-me cá ver... na rua...

(Calma aí. Eu nunca ataquei no Alto de São João, eu não quero saber do Alto de São João, eu odeio o Alto de São João.)

— ...na Rua Sousa Viterbo — conclui eufórico o Josué.
— E não havia marcas de sapatilhas?
— Nada. Só mesmo dos sapatos afunilados.
— E tudo mais era igual?
— Tudinho. Desde as marcas dos pontapés até ao corpo estendido em cruz.

(Já se trata, claramente, de um problema de direitos de autor. A hiena decidiu lançar-se por conta própria, não lhe basta a carniça alheia. Não tarda muito batem-me à porta novas línguas cortadas, e ainda por cima línguas que eu nem sequer conheço. Irra!)

— Aguentem os cavalos, vou já para aí.

Agora as noites são frias, o Papá continua fora, a Mamã passa muitas horas ao telefone, a falar com as amigas. Ela chateia-se muitas vezes com o Batista, diz que é um inútil, que não sabe fazer nada de jeito, nem para limpar o pó serve. O Batista não se queixa, mas deixou de me ensinar aquelas palavras engraçadas na língua dele.

Há dias houve uma tempestade, caiu um raio na casa dos vizinhos da frente, aqueles esquisitos, que têm o jardim todo mal cuidado. Rachou uma árvore ao meio, parecia um palito queimado. Eu acordei com o trovão, a Mamã também, as janelas tremiam. Nessa noite ela deixou-me dormir na Cama Grande.

Agora vou dormir lá muitas vezes, digo à Mamã que tenho frio, ou que estou com medo dos trovões, ou que tive um sonho mau. Ela acende a luz da mesa-de-cabeceira, levanta os lençóis e deixa-me entrar. Quando tem muito sono nem se importa que eu me abrace a ela.

A Mamã dorme sempre de lado, eu deito-me atrás dela, ponho-lhe as mãos na barriga. A barriga da Mamã, quando ela se vira para cima, parece um lago branco.

10

COPIA-GATO

Estou na cena do crime e o crime nem sequer é meu. Tem pelo menos a vantagem da novidade, esta baleia não era minha conhecida. Com tamanha concorrência qualquer dia já não tenho onde pescar. Admito porém que o espécime estendido à minha frente era dos melhores, bem nutrido, palmas para o sacaninha. Os pontapés foram científicos, o corte na jugular também. Agora, que reparo nisso, a incisão é perfeita, muito melhor do que as minhas. Vêm-me lágrimas aos olhos.

— Eia, *Boss*, também não é caso para tanto — atrapalha-se o Alminha.

(O que é que querem? Sou sensível à beleza. E estas costuras na boca, meus amigos, de um rigor absoluto: dois milímetros exactos desde as bordas dos lábios, cinco milímetros de intervalo entre cada ponto. É lindo. É muito lindo.)

— *Boss*, então, *Boss*? Está a sentir-se bem? Quer que eu lhe vá buscar uma aguinha ou assim?

(Visualizo alicates, já é recorrente. Qualquer dia compro um.)
— Cala-te, animal. Deixa-me pensar. Vejamos, esta gaja tem língua, ou não?
— A Dra. Florbela acha que não. A gente está na dúvida.
— E então porquê?
— Bom, como da outra vez o Sr. Inspector descobriu a língua na caixa do correio, quando cá cheguei hoje fui logo lá procurar. E nada.
— Nem um cartãozinho de Boas Festas? — pergunto.
— Perdão?
— Esquece.
— Ah, lá está o *Boss* a entrar comigo outra vez...
(Visualizo uma cadeira de dentista, eu vestido de branco.)
— E no correio do Alvega, já investigaram? — continuo.
— Pensei logo nisso, *Boss*, mas o Furtado proibiu a gente de incomodar a mulher do Alvega, diz que já lhe basta o marido estar vai que não vai. Eia, *Boss*, e por falar no Diabo... Aquele ali não é o Furtado?
(O Diabo em pessoa. É a primeira vez que o vejo a esta hora. Já passa das cinco da manhã. Atrasei-me um bocado a chegar, tive de apanhar dois táxis, um de casa ao aeroporto, outro do aeroporto até aqui. E ainda por cima o taxista estrilhou, uma cena bizarra, nunca me tinha acontecido.)
— Bons olhos o vejam, inspector Furtado.
(Estou a despromovê-lo, como devem compreender. Não compete a um chefe pisar o local do crime. Qualquer dia anda atrás de mim, a investigar no Elefante Vermelho, era o que faltava.)
— Deixe-se de lérias, Brandão, que eu não estou para aí virado.

— Ena! Acordámos com o rabo destapado, não? Até parece que fui eu que a matei a gaja...
— Não é nada que não me tenha ocorrido. Venha comigo lá para fora, que a gente tem muito que conversar.
— O Chefe está a mangar, certo?
(Promoção urgente. Oiço alarmes na cabeça. Alerta vermelho, alerta vermelho.)
— Disparate, Brandão. Claro que estou a mangar. Ou deveria ter razões para suspeitar de si? — responde o Cara de Arenque.
— Suspeita é só a minha dedicação, o Chefe bem sabe — digo untuoso.
— Bom, chega de conversa fiada. A situação está preta, tenho o director à perna. Com esta vão cinco!
— Cinco!? Já descobriram a outra?
— A outra?
— Bom, se o Chefe diz que são cinco, e esta é a quarta, há de certeza mais uma — engasgo-me.
— Pois há. O mais estranho é que a quinta bate certo com o padrão, está a ver, aproxima-se ainda mais da casa do Alvega. E é isso que eu não percebo, porque a quarta não tem nada a ver, saiu completamente da rota. E como se não bastasse, há essa treta toda das sapatilhas, ora existem, ora não existem, uma confusão.
— Será um *copycat*?
— Um quê?
— Um copia-gato, Chefe. Está a ver, é como nos filmes americanos, há um assassino em série e depois surgem logo uma data de imitadores. Mesmo porque neste caso os cortes parecem ter sido feitos por outra pessoa, de tão perfeitinhos. Cá para mim isto é trabalho de um médico, enfermeiro ou assim.

— Não me baralhe as ideias, Brandão! Vamos por partes. Para já, acompanhe-me até à outra casa, que eu quero ver o que se passa.
— Às ordens, Chefe, vamos nessa. Ena, tantos carros-patrulha!
— Pois é, está tudo doido nesta cidade. Tanto polícia lá em cima a investigar o crime e cá embaixo mais um desgraçado a ser baleado.
— Não me diga. Afiambraram mais um preto, não?
— Melhor ainda, Brandão. Um taxista.
(Chefe querido, às vezes enterneces-me.)

É fácil fugir do Anselmo, basta dar-lhe um pouco de conversa e depois sair devagarinho, digo que preciso ir à casa de banho e ele fica no quarto de música, o nariz encostado às teclas, o cabelo oleoso a escorrer caspa.

Quando as irmãs estão em casa fico a espreitá-las. Visto uns calções largos, que estão rasgados do lado. Vejo-as e começo a crescer, a crescer, até que a ponta fica à mostra, enorme. E nessas alturas passeio-me pela casa, a ouvir o piano lá ao fundo, por trás da porta fechada.

As irmãs do Anselmo, quando saem do pátio, para ir buscar comida ou um creme ou qualquer coisa, olham para mim e fingem que não me vêem. Eu fico todo orgulhoso, com aquela coisa grande a espreitar pelo lado de fora, as mãos atrás das costas a fingir que não é nada comigo.

11

SURPRESA, UM VEGETAL

Ponto da situação: anda aí um sacaninha à solta a trocar-me as voltas. E pior, obriga-me a trabalhar. Passei o resto da noite na casa da baleia cinco (ou da vaca cinco, como preferirem, na essência são mamíferos, adoram mamar).

Nada de novo na cena do crime, a não ser as costuras, um tédio. Mas o sacaninha é rápido, tenho de admitir. Conseguiu chegar lá antes de nós (nós a polícia, quero dizer). Mas, desta vez, vê-se que fez o trabalho à pressa. Estavam os pontos todos costurados à balda, se calhar nem teve tempo para alinhavar.

O que me deixa com um problema, se calhar dois. Onde estão as línguas? Abro a caixa do correio, mas nem era preciso. Dona Aida, a porteira operática, já se bamboleia escadas abaixo, limpa as patas ao avental.

— Bom dia, Sr. Inspector. A mãezinha, está melhor?

(A mãezinha é um vegetal que eu tenho lá em casa, anda a soro há cinco ou seis anos, desde o Grande Coma. A enfermeira diz que está rija, que se aguenta ainda outros cinco ou seis. Cá por mim tudo bem, a pensão da Mamã dá-me jeito, os *Armani* são baratos mas nem tanto. E desde que mantenha a porta do quarto fechada, nem se dá pelo pivete.)

— Não está mal não senhora. É o costume, queixa-se da comida...

— Coitadinha, dê-lhe os meus cumprimentos. E olhe, Sr. Inspector, escusa de procurar no correio, que hoje não veio nada para si.

— Não me diga, Dona Aida, sempre atenta não é mesmo?

— Sempre, Sr. Inspector, o meu marido até costuma dizer que...

Fecho-lhe a porta do elevador na cara, visualizo nuvens de fumo cinzentas, crematórios, "A Lista de Brandão".

Chego a casa e estranho, o tapete da entrada não está bem. Quer dizer, tem um ar demasiado simétrico para o meu gosto. E a fechadura da porta foi forçada, agora reparo. Um trabalho de profissional, diria mesmo, quem fez isto sabia o que estava a fazer, mal beliscou o canhão. Hum. Será que a hiena entrou na minha casa? Saco do revólver, pelo sim pelo não, e entro devagarinho.

Na sala está tudo em ordem, a desarrumação do costume. No meu quarto também parece tudo OK. Olha, afinal não, alguém mexeu nas minhas revistas, tinha deixado umas quantas espalhadas em cima da cama e agora estão todas ordenadas. Em montinhos, por ordem cronológica, as *Playboy*, *Penthouse*, todas. Terá sido a puta da enfermeira? Já lhe disse mil vezes para não entrar no meu quarto...

Ou será que o vegetal ressuscitou? Vamos inspeccionar. Entro a pontapé no quarto da Mamã. Ela lá está na cama, a animação de sempre. Mas assusta-se, coitadinha, com o estrondo. Ronhonhó, ronhonhó, agita-se, estrebucha, vegetaliza. Bom, vamos lá ver então a cozinha, a porta está aberta, dou-lhe um pontapé à mesma, para o estilo.

Népia. A não ser dois frasquinhos de compota, claro. Estão em cima da mesa, num tabuleirinho, tudo muito bem arrumado. Línguas em calda portanto, com literatura inclusa. É o costume, "Pela boca morre o peixe". Irra! Que falta de originalidade.

12

VINCOS NA TESTA

Com tanta língua de vaca a bater-me à porta, qualquer dia abro um talho. Ou se calhar faço um estufado. Olho para os frasquinhos à minha frente e ensaio um ar pensativo. Não resulta. Vou para a casa de banho, ponho-me à frente do espelho, e volto a ensaiar. Sempre quis ver a minha cara em período de reflexão.

Tenho vincos na testa.

Por que é que o sacaninha me anda a perseguir? Por que é que anda armado em costureiro? Que história é esta das línguas? O que querem dizer? As línguas sorriem para mim, expectantes. Se não fosse o formol, já estavam na frigideira. Hum.

Pego no telemóvel. Na dúvida, comuniquem.

— Alminha?

— Bom dia, *Boss*, então hoje não se deita?

— Nem eu nem tu, ó animal. Achas que isto são horas de dormir? Anda por aí um tarado à solta e tu só pensas na caminha?

— Mas, *Boss*, são oito da manhã. Passámos a noite toda a pé!

(Está lento o Alminha. Tão novo mas já não aguenta as directas. Basta uma noite sem dormir e é isto, fica rezingão, recolhe a língua arfante, até ameaça rosnar. Um cão portanto. A precisar de pancada retórica. Ora lá vai):

— Estás armado em espertinho? Tenho de puxar os galões ou quê? E se fosse a tua mulher a ser morta a pontapé? Gostavas?

— Eia, *Boss*! Não precisa de se irritar. Só estou um pouco cansado, mais nada. O que é que o chefe quer que eu faça?

(Para ele sou sempre chefe, A Voz do Seu Dono, nunca me despromove. Um encanto, este Alminha):

— Querido Alminha… — (Vem-me um pigarro à garganta, deve ser da emoção.) — Onde é que achas que as línguas estão?

— Não faço a mínima ideia, *Boss*.

— Pois eu digo-te, Alminha, estão na minha casa. Tenho-as aqui comigo, à minha frente, no quarto de banho. Dois frasquinhos, estou a olhar para eles.

— Eia, *Boss*! Co'a breca!

— Disseste bem, Alminha. E sabes como é que elas cá vieram parar?

— Como foram parar ao quarto de banho, *Boss*?

— Não, animal! À minha casa!

— Sei lá, *Boss*!

(Claro que não sabe, eu próprio estou completamente às aranhas. A isto chamamos nós uma investigação policial.)

— Nem tu nem eu, meu menino. E sabes que mais? Começo a achar que para além do *Gang Nike* há mais alguém metido ao barulho.

— Quem, *Boss*?
— Isso gostava eu de saber, Alminha. E é aí que tu entras. Nós vamos baralhar o sacaninha que anda por aí a distribuir as línguas.
— Como, *Boss*?
— Para já tu vens cá a casa, e pegas nas línguas. Depois vais entregá-las na recepção do *Tal & Qual*, com uma notinha.
— O quê?! O chefe deve estar a reinar comigo!
— Não, querido, nunca. Vamos lá por partes. O sacaninha deixou a primeira língua na casa da vítima três, com uma mensagem para o Alvega, certo?
— Certo.
— A seguir deixou as línguas das vítimas quatro e cinco na minha casa, certo?
— Certo.
— E diz-me lá, Alminha, o que há em comum entre mim e o Alvega?
— São os dois fumadores?
— Não, animal! Somos os dois polícias! Isto é uma cabala contra as forças da ordem, um *casus belli*, topas?
(Adoro latim, é uma queda natural para as línguas mortas. Tenho um dicionário em casa, com páginas cor-de-rosa no meio, cheio de citações. Era do Papá, que Deus o guarde.)
— Um caso quê?
— Isso agora não vem para o caso, *dura lex, sed lex*. O sacaninha pensa que vai atingir as forças da ordem com as suas línguas viperinas, e nós vamos montar-lhe uma armadilha. Colocamos as línguas no *Tal & Qual*, os rapazes dão a notícia, e depois vamos ver como é que ele reage. Cá para mim, salta da toca.

— Bom, mas por que é que não vai o *Boss*?
— Porque a mim toda a gente me conhece, Alminha. O meu retrato até vem no *24 Horas*!
— Grande jornal, *Boss*, grande jornal. E por que é que não mandamos as línguas antes para lá?
— Porque se mandássemos os chefes desconfiavam, querido. Eles já andam com bocas foleiras sobre os meus amigos do *24 Horas*. E isto tem de ser uma operação secreta, só tu e eu podemos saber, nada de dizer ao Furtado.
— Por que não, *Boss*? Quer dizer...
— Porque ele quer é resolver o caso sozinho, ou ainda não percebeste? Anda doidinho para ser promovido antes do Alvega ter alta do hospital, topas?
(Não topa nada, o Alminha, *beati pauperes spiritu*. Benditos os pobres de espírito, falar com eles é um descanso para os neurónios.)

A Mamã mandou-me passar férias com o Papá, eu não queria, fiz uma birra, chorei muito. Não adiantou nada, tive de ir na mesma. A Mamã disse-me que o Papá andava muito sozinho, e eu ia fazer-lhe companhia, só até as aulas começarem.

Aqui no Norte faz ainda mais calor, mas não vi nenhuns pretos maus, como aqueles de que o Batista falava. Há muitas casas, são todas iguais, com jardins pequenos onde não cresce nada.

Como o Papá só chega à noite, fico muito tempo a brincar sozinho. Há cá um gatinho pequenino, é da senhora que vem fazer limpezas. Gosto de brincar com o bichinho, sentir os dedos na sua pele fofa. Um dia espetei-lhe os polegares na barriga, com muita força, mas ele fugiu. Agora, sempre que me vê vai-se embora, acho que tem medo de mim.

Ando também à volta da piscina, mas não sei nadar e a piscina está quase sempre vazia. Apanho gravetos do chão, folhas secas, e faço barcos à vela. Às vezes ponho nos barcos bichinhos que encontro no chão, como minhocas ou besouros. Prendo-os com os alfinetes que encontrei na casa de banho.

A senhora da limpeza vem sempre antes do meu pai chegar, deixa tudo arrumado. É uma mulher grande, tem a pele um pouco escura. Já a vi falar com o meu pai algumas vezes, sim senhor doutor, não senhor doutor. Nos últimos dias, sempre que ela chega, começo a andar atrás dela, na cozinha, no quarto onde passa a ferro, por todo lado. Aproveito sempre para lanchar quando ela está por perto.

Usei com ela o truque dos calções rasgados que já tinha usado com as irmãs do Anselmo, mas não deu resultado. Ela viu aquela coisa enorme e falou alto comigo, disse-me que era uma pouca-vergonha. Nesse dia não saí mais de casa, escondi-me no quarto com medo de que o Papá voltasse.

Ele chegou ainda mais triste do que era costume, perguntou-me se era verdade aquilo que a senhora da limpeza tinha dito. Eu disse que não e que não e que não, muitas vezes, acho que chorei, tinha medo que me batesse. (Às vezes bate-me na cara com tanta força que me sai sangue do nariz, e depois a Mamã tem de me pôr algodão com álcool nas narinas e arde muito.)

O Papá não falou mais comigo nesse dia, nem no dia seguinte quando me foi levar à camioneta e me mandou para casa. Só disse que não estava para ouvir falatórios. E despediu a senhora da limpeza.

13

MARLON BRANDÃO

O *fitness* é para parolos. *Fit* estou eu, mas da musculatura. Levo sempre a fita métrica quando vou para a musculação, saio de lá e toca a confirmar os progressos. Hoje atingi a marca dos 45 centímetros no bíceps do braço direito — é o que mais uso, não preciso fazer um desenho, pois não?

Qualquer dia o revólver já nem cabe debaixo do sovaco. Pensei andar com ele à cintura, mas não dá tanto estilo. Gosto de contrair os peitorais, senti-los coladinhos ao metal, a empurrar a fusca contra o *blaser*, cima-baixo, cima-baixo, é um efeito especial.

As gajas do ginásio dão comigo em doido. Vejo aquela *lycra* toda a transbordar dos selins das bicicletas e fico doente, isto hoje ainda acaba mal, tenho de comprar o *24 Horas*, mas a correr. A esta hora só no Vasco da Gama.

O *Tal & Qual* sai amanhã, olha, afinal não, já está nas bancas. Ena! Edição especial. **EXCLUSIVO: LÍNGUAS CORTADAS NO**

TAL & QUAL!, assim mesmo, com ponto de exclamação. **Gang *Nike* Semeia Terror em Lisboa — Mais Duas Mulheres Esquartejadas.**

Esquartejadas? Estes gajos não estão bons da cabeça. E na capa uma foto dos frasquinhos, com as línguas a boiar. Ao lado uma reprodução da minha nova versão da carta, bastante ampliada: **SOU UM TARADO SEXUAL — A CULPA É DO ALVEGA.**

E lá dentro a história completa, o título principal a abrir a toda a largura das duas páginas, não sei como é que conseguiram enfiar letras deste tamanho no jornal: **O ESQUARTEJADOR ESTEVE NO *TAL & QUAL*!**

Ena!, os gajos são mesmo bons, até mostram o retrato-robô de um dos presumíveis assassinos. Fizeram-no com base nas declarações do segurança que recebeu a encomenda. Engraçado, o "esquartejador" parece-me familiar, assim de repente faz-me lembrar o Alminha. Amanhã vai ser um fartote na base.

Hoje é o meu dia de sorte, ainda há *24 Horas*, vamos lá ver os classificados, se calhar temos novidades. Chinesas não, não curto. Manequins muito menos, umas magricelas, custam uma pipa de massa e nem sequer têm chicha. Ora aqui está: **"SENHORA, divorciada, meiga, atende em privado. Lisboa"**. Por que raio nunca põem a morada? Ou o horário de expediente? Poupavam-me uma data de telefonemas, como este que estou a fazer agora, da cabina — na Judiciária temos acesso aos registos de qualquer chamada, mesmo dos telemóveis, anónimos ou não.

— Está sim?
— Sim, boa noite.

— Estou a ligar por causa do anúncio no *24 Horas*.
— O que dizia o anúncio?

(Irra, é sempre a mesma pergunta. E a pergunta quer dizer que a gaja colocou mais do que um anúncio, logo não trabalha sozinha. Mais um telefonema gasto, menos trinta paus, filhos da puta da *PT*):

— Olhe, tiazinha, e se fosse fazer um broche a um cavalo?

(Desligo-lhe o telefone nas trombas, vamos tentar outra, vejamos: **"QUARENTONA, realiza todos os seus desejos. Apartamento privado, deslocações"**. Não me digas, querida, mal sabes tu os meus desejos):

— Está sim? Estou a ligar por causa do anúncio no *24 Horas*.

— Oi, jóia. A gente tem um apartamento superlegal na...

Desligo o telefone, odeio brasileiras. Por este andar fico sem moedas não tarda. À quinta tentativa consigo entabular comunicação, esta promete:

— É um convívio totalmente privado, sem pressas, só eu e uma amiga — garante a voz cavernosa.

— Não me diga, tiazinha, e que idade tem a menina, pode-se saber?

— Eu? Eu tenho quarenta anos.

— E a sua amiga?

— Bem, ela é um pouco mais velha...

— E as meninas são louras?

— Eu sou o que o senhor quiser. Mas a minha amiga é mesmo loura.

(Pausa para tradução. "Eu tenho 40 anos" e a outra "é um pouco mais velha", quer dizer que uma tem 50 e picos e a outra já passou há muito a idade da reforma. "Mesmo loura" significa que ambas pintam o cabelo, mas uma pinta mais do que a outra. Perfeito):

— Então está bem. E diga-me lá, quanto é que vai custar a brincadeira?

— A lembrancinha é oito mil escudos. E olhe que a gente apresenta-se em *lingerie*!

(Por esse preço devem ser lindas. Cá para mim apresentam-se mas é de bengala.)

— Muito bem, sim senhora. E até que horas atendem?

— Eu estou aqui só até às dez horas. A minha amiga sai um pouco mais cedo, lá para as nove, nove e meia. Mas se o senhor quiser ir com as duas ao mesmo tempo, ela espera mais um bocadinho.

— Deixe estar, tiazinha, a mim chega-me uma. O problema é que se calhar só chego aí mesmo em cima da hora, um quarto para as dez o mais tardar. Ainda vou a tempo, não?

— Bom, se me garantir que vem, eu espero. Mas olhe que quinze minutos não chega para nada.

— Olhe que chega, olhe que chega. Então fica combinado, é só despachar aqui uns assuntos e vou já a correr.

— Então está bem, fico à espera. Diga só o seu nome que é para eu saber quem telefonou.

— Pois com certeza, Abílio Alminha, ao seu dispor.

(Ainda estive para lhe dizer que o meu retrato-robô vinha no *Tal & Qual*, achei melhor não, esta gente assusta-se por tudo e por nada. Vamos mas é para casa trocar de equipamento, que aqui na cabina não dá jeito. *Alter ego* aqui vou eu.)

Acabámos de mudar para uma nova casa. É bonita, tem um muro à volta, um jardim com muitas flores, uma garagem. Tenho vizinhos da minha idade. Estão no jardim da casa ao lado, a olhar para nós. Um deles é alto e magro, tem uma argola grande de plástico, daquelas para brincar com a cintura. E há uma menina linda no bordo do jardim, a apoiar os dedos no muro, usa um vestido de folhos.

Caminho para ela, não sei bem para quê, quando aparece o Papá lá do fundo. Olha para mim e diz: "Não quero cá falatórios". Puxa-me pela orelha para dentro, e eu vou arrastado. Ainda olho para trás e vejo a menina linda, de folhos, a olhar para mim. Tem a pele escura, os cabelos muito negros e escorridos.

Lá dentro o Papá puxa-me as calças para baixo e bate-me com um chinelo de borracha. Os chinelos de borracha não doem tanto como as escovas de fato ou o cinto. Mas doem mais do que as palmadas com a mão — que às vezes até ao Papá magoam.

(A menina do lado é indiana, disse-me o Papá mais tarde. Fiquei a saber que se chama Anita. Um dia dei-lhe a mão.)

14

CLOTILDE, A MATRACA ASSASSINA

Vou a caminho de casa e penso na morada que a gaja me deu, Rua da Madalena, nº 38 - 4º B. Tenho certeza de que nunca andei por ali, mas hoje tudo me parece familiar, e havia qualquer coisa naquela voz... Devia organizar um ficheiro, qualquer dia começo a repetir-me.

Lar doce lar. Pois então cá estamos nós, sãos e salvos, até consegui fintar a porteira à entrada, já vinha toda lançada para uma conversa com o Sr. Inspector.

— Boa noite, Sr. Inspector, hoje veio cedo, já há muito tempo que não o via, até parece que anda a fugir de mim, nunca chega antes de eu me ir embora...

(Porra, fintei uma mas não fintei a outra. É a Clotilde, a puta da enfermeira. Esqueci-me de que estava na hora da visita. Cá está ela, a pastar no *hall*, doidinha para comunicar. Até se baba, ainda bem que vim de botas.)

— Pois é — rosno. — O *Gang Nike*, sabe como é, muito trabalhinho...

(E o equipamento à minha espera, odeio ser apanhado em pré-campanha. Se a Clotilde fosse loura, hoje fazia o trabalho em casa.)

— Imagino, Sr. Inspector, imagino. Li tudo no *Tal & Qual*. E pensar que trabalho na casa do Sr. Inspector, as minhas amigas andam cheias de inveja, todas elas querem vir tratar da sua mãezinha...

(Visualizo várias enfermeiras em fila, toucas e uniformes brancos a tingir-se de vermelho, eu de metralhadora. Mas não, a única metralhadora à vista é a Clotilde, e não se cala):

— ...e até disse às minhas amigas que estava muito admirada com o Sr. Inspector, tanto trabalho, a mãezinha entrevada, e ainda assim encontrava tempo para arrumar a casa. E deixe-me que lhe diga, está cada vez mais arrumadinha, sim, que a mim essas coisas não me escapam, mal aqui cheguei hoje à tarde foi a primeira coisa em que reparei, os sapatos...

— Os sapatos?

— ...sim, os sapatos que o Sr. Inspector costumava deixar espalhados pela casa, agora todos arrumadinhos, cá para mim arranjou foi uma mulher-a-dias, e não quer dizer nada à gente...

(Como é que não reparei nos sapatos antes? Deve ser o Efeito Clotilde, a matraca assassina, mal a vejo os meus neurónios batem em retirada. Os sapatos cá estão, todos em linha, militarmente, cheira-me a mais uma visita do sacaninha, tenho de apanhar um táxi não tarda. Já mandei instalar uma porta blindada, mas aqueles anormais nunca mais se despacham. As desculpas do costume, estamos quase no Natal, há para aí muitos assaltos, rebeubéu pardais ao ninho.)

— Ouça! — berro eu, à beira da histeria. — Não foi por acaso a Clotilde quem me arrumou os sapatos pois não? Não anda armada em fada madrinha pois não? Não esteve a arrumar as minhas revistas pois não?

— Quais revistas, Sr. Inspector? Não me diga...

— Aquelas que eu tenho no quarto!

— Mas como? O Sr. Inspector proibiu-me de entrar no seu quarto! Não está por acaso a insinuar que eu andei a mexer-lhe nas coisas, ou está? Logo eu, que ando nisto vai para 36 anos, 36 anos, sim senhor! Com muito orgulho, que o meu falecido até dizia que...

— Não estou a insinuar nada, mulher! Cale-se lá com o falecido. Só estava a perguntar!

(Já chora, a Clotilde. As lágrimas juntam-se à baba, assim nem de botas.)

— Calma, Clotilde! Organize-se. Só queria fazer-lhe uma ou duas perguntas, percebe? É para a investigação, percebe?

— A investigação do *Gang Nike*? Ai não me diga isso, Sr. Inspector, que agora é que as minhas colegas vão ficar verdes de inveja, imagine, eu aqui a participar no caso, até já vejo a cara delas quando lhes contar...

— Ouça! Hoje veio cá alguém bater à porta? Tem visto gente suspeita a rondar a casa?

— Gente suspeita? O quê? Como os pretos das *Nike*? O Sr. Inspector não me assuste, se calhar ainda me fazem uma espera, a minha filha ainda nem sequer acabou a Universidade, e tenho três afilhadas em Santarém que...

— Mas quem é que falou em pretos, mulher?

— Mas então os assassinos não são pretos? Ainda hoje li no jornal que eram todos pretos e tarados sexuais, vinha tudo

no *24 Horas*. Ou seria no *Tal & Qual*? Já nem sei, com tanto jornal que há para aí...
— Cale-se lá com os pretos, mulher! Eu disse qualquer pessoa, percebe? Preto, branco ou amarelo! Que racista, irra!
— Ai, Sr. Inspector, não se irrite, já percebi tudo, mas não, não vi ninguém. Aliás, nem podia. Desde que aqui cheguei, às quatro horas, foi só trabalhar, trabalhar, nem tive tempo de ir à janela. Bem, sim, fui à janela uma vez, mas foi só para arejar o quarto da mãezinha, que sempre que cá chego é o mesmo, um cheirete que não se aguenta, às vezes até penso que o Sr. Inspector não lhe muda as fraldas. A coitada já estava toda assada, troquei tudo, lençóis de lavado, uma nova algália...
— OK, OK. Já está tudo esclarecido. E agora, se não se importa, andor, que eu tenho muito que fazer.
— Vou já, Sr. Inspector, mas sabe, é que... Bom, se calhar é esta minha cabeça aqui a magicar, mas parece-me que a sua mãezinha...
— Não me diga, está pior?
(Visualizo um caixão, terra a cair sobre ele, eu de fatinho preto: "Os meus pêsames, Sr. Inspector".)
— Bem, não exactamente — hesita a Clotilde. — A bem dizer acho que ela até está a melhorar...
(Visualizo dois caixões, terra a cair sobre eles, eu de fatinho preto: "Os meus pêsames, Sr. Inspector, logo a mãe e a enfermeira, as duas ao mesmo tempo".)
— Não me diga. Então porquê?
— Bom, não sei o que é que se passa com a pobrezita, ela tem andado muito agitada nas últimas semanas. E hoje, pela primeira vez, até parecia que me queria dizer qualquer coisa, e estava sempre a apontar para o...

(Toca o telefone, deve ser o Alminha. Desde que o retrato-robô dele apareceu no *Tal & Qual* anda desvairado, telefona-me de cinco em cinco minutos, a ganir, já não há pachorra):

— O que é que foi desta vez, ó animal?

— Animal é você. Com quem pensa que está a falar? Quer levar um processo em cima ou quê?

(Ena, é o Furtado *in persona*, o que é que aconteceu às telefonistas?)

— Ora viva, Chefe, está bonzinho? Desculpe lá a confusão, pensava que era um jornalista do *24 Horas*, o gajo não descansa enquanto não descobrir qualquer coisa.

— Descobrir o quê, pode-se saber? Não há nada para descobrir, estamos completamente à nora. Uns inúteis, é o que vocês são, se não fosse a Dra. Florbela...

(Alto e pára o baile, conversas sobre a Florbela interessam-me sempre. Empurro a Clotilde para fora, ela ainda a estrebuchar "mas olhe que a mãezinha estava a apontar para..." e concentro-me no que é importante):

— A Florbela, dizia o Chefe...

— Pois que a Dra. Florbela descobriu umas coisinhas muito interessantes. Amanhã falamos. Às dez, no Instituto de Medicina Legal.

(Ena, um encontro com a Florbela. E na morgue ainda por cima. É lindo, é muito lindo.)

A Mamã anda esquisita, acho que é por causa do Papá. Quando ele chega à noite não vem bem, queixa-se da comida, que não tem sal, dos meus brinquedos espalhados pela casa, da roupa por passar a ferro que se junta aos montinhos em cima da cama.

É do trabalho, diz a Mamã, por isso é que ele berra tanto, vê aquela gente toda morta lá no hospital e depois não vem bem. Por isso vou para a cama cedo, para ele não me ver quando chega. Mas não consigo dormir, oiço sempre barulhos lá embaixo.

Há noites em que vou para as escadas, fico escondido atrás do corrimão de madeira, a ver tudo. O Papá quando está muito chateado bate com a cabeça nas paredes, faz muito barulho. Um dia a Mamã disse-lhe "ainda acordas o miúdo" e então ele zangou-se a sério e bateu muito nela.

Não gosto de ver a Mamã chorar, mas tenho medo de descer. Nesses dias fico lá em cima quietinho, acordado, com as luzes apagadas. De manhã tenho dores de cabeça, não me apetece ir à escola, então finjo-me doente e leio livros do Astérix. Há umas palavras que não percebo, a Mamã diz que aquilo é latim, uma língua muito antiga. Senta-se ao meu lado na cama, ficamos os dois muito juntinhos, e ela explica-me as palavras difíceis.

15

COFRE-FRACO

Estou danado. Por causa da Clotilde atrasei-me imenso. "Os compromissos são para ser honrados, choninhas", dizia-me o Papá. E agora está uma loura à minha espera, se calhar duas, e o meu telefone não pára de tocar. Depois de falar com o Furtado ainda tive de aturar o Alminha, que se queria entregar, que isto não estava certo, rebeubéu pardais ao ninho.

Nove e trinta e cinco. Tenho um quarto de hora, se tanto, para preparar o equipamento e zarpar. Já nem sequer dá tempo para apanhar os dois táxis do costume, logo hoje que estava tão precisado. Pego na mala preta do Papá, é a minha favorita, tem imensos bolsos e bolsinhos para os instrumentos. Guardo-a no cofre, outra antiguidade, foi a Mamã que o trouxe de Moçambique, depois do Grande Exílio.

Deixem-me ver a lista, não me vá faltar nada. Da última vez, tive de arpoar a baleia com uma reles faca de cozinha, ainda por cima com serrilha, foi um chavascal. Então vejamos: bisturi, confere; fita de embrulho, confere; fio de pesca, confere (desta vez vou fazer uma surpresa ao sacaninha); agulhas cirúrgicas, confere (não sei se serão as mais apropriadas, mas eram as únicas que tinha em casa, espólio do Papá); luvas de látex... Olha, que engraçado, jurava que as tinha metido aqui e afinal... Estão a ver as vantagens de fazer uma listazinha?

Bem, recapitulemos, onde é que eu as terei metido? Lembro-me perfeitamente de as ter lavado na banheira, e de as pôr a secar na área de serviço. Será que as deixei lá penduradas? Não, não estão. Olhem qu'esta, tinha quase a certeza de que as tinha guardado no cofre. Será que o sacaninha...? Não, não posso crer.

Porra! Os sapatos, agora é que vi, falta um par, os mais bonitos, aqueles a imitar pele de cobra, com sola de borracha. Corro para o cofre outra vez, abro o compartimento grande, onde guardo a mochila. Está vazia. As *Nike* também desapareceram. Os quatro pares.

Foda-se, foda-se, foda-se.

Caralho de hiena, qualquer dia muda-se cá para casa. Isto exige medidas drásticas, só uma porta blindada não chega, preciso de pensar numa armadilha qualquer. O filho da puta do sacaninha é mais esperto do que pensava. Como é que abriu o cofre? A fechadura nem sequer foi forçada! Surreal. Será um fantasma?

Que horas serão entretanto? Dez!? Merda, a esta hora já a loura se pisgou, hoje não pesco nada de certeza. Tenho de remarcar o encontro para amanhã.

16

FLORBELA, BELA, BELA

— Bom dia, Furtado, e então esse reumático?
— Sempre bem-disposto, não é, Brandão? E vivam os patetas alegres.

(O Furtado estende-me a mão a contragosto, a dele é seca e ossuda, aperto-a um bocadinho, só até ouvir as articulações estalar. Ele odeia dar parte de fraco, mas noto no *rictus* facial um ligeiro esgar de dor.)

— A Dra. Florbela está à nossa espera — esclarece. — Não sei se sabe, mas o Ministério da Administração Interna resolveu delegar-lhe poderes especiais, ela agora vai ficar exclusivamente encarregue deste caso, e vai ainda supervisionar o pessoal do laboratório.

— Bem, que ela é boa ninguém duvida...

(O Furtado tem um fraquinho pela Florbela. Um ponto fraquinho, portanto, a explorar com requintes):

— ...boa à frente e boa atrás — concluo.

— Chega de lérias, Brandão. Nós estamos aqui é para trabalhar, não para fazer comentários grosseiros à anatomia da Doutora, estamos entendidos?

(Irra! Que susceptível. O fraquinho está a agravar-se. Tanto melhor):

— Entendido, senhor inspector. Já algum dia lhe falei das minhas aulas de ioga com a Doutora? Aquilo é que era flexibilidade...

— Cale-se homem! Não vê que já ali vem a Florbela? Bom dia, Sra. Doutora, como está?

(Está boa, como já aqui foi sublinhado. Podre de boa, para ser mais preciso, mas dentro do género glacial. A bata branca abre embaixo, só o suficiente para sugerir que a saia é curta e justa, bem aconchegada às carninhas tântricas. A bata abre também em cima, agora para demonstrar todo o poderio argumentativo do decote clássico. E no meio do dito, com um atrevimento invejável, cai um pesado estetoscópio. Será que ela anda a auscultar os mortos?)

— Bom dia, Furtado — responde-lhe a Florbela, enquanto me lança um olhar gelado. — A presença do Inspector Brandão era mesmo necessária?

— Também estou contente em vê-la, Florbela. E então esse ioga?

— Brandão! — interrompe o Cara de Arenque. — Não estamos aqui para brincadeiras. Dá-me licença que me sente, Doutora? Pois então, disse-me que tinha novidades...

— E muitas, Furtado. Tudo leva a crer que não há quatro assassinos, como inicialmente se julgava, mas apenas um, ou quando muito dois.

— Dois!? — espanta-se o Cara de Arenque.

— Eu não disse, eu não disse? — interrompo. — E nem precisei de andar a auscultar os mortos para chegar a essa conclusão. É um copia-gato, Furtado, já lhe tinha dito.
— Um quê? — pergunta a Dra. Florbela.
— Um *copycat*. Um assassino sem imaginação que está a imitar os gajos do *Gang Nike* — explico.
— *Gang Nike* não, Inspector Brandão, isso das *Nike* é um embuste grosseiro. Mas já lá iremos. Como estava a dizer, ou é um assassino, ou são dois, muito embora eu esteja mais inclinada para a segunda hipótese. Há uma diferença substancial entre as 4 primeiras vítimas e a 5ª.

(É tão fria, esta Florbela, nem um vislumbre de emoção. O modo como ela fala, parece que reduz as pobres senhoras a meros números, que falta de consideração.)

— Não me diga.
— Digo pois. Posso estar enganada, mas as 4 primeiras vítimas foram assassinadas por um amador. A 5ª morreu às mãos de um profissional. Vejamos...

(Levanta-se da cadeira, vai buscar um *dossier*, senta-se e cruza as pernas. A mesa é de vidro. O meu baixo-ventre começa a debitar mantras, auuú, auuú, auuú. Ela, indiferente, continua):

— ...pela análise dos hematomas foi possível calcular a força empregue nos pontapés. Chegámos à conclusão de que não havia 4 assaltantes mas apenas 1 — o tal amador. As pancadas são muito iguais na força e ângulo utilizados, é como se o verme tivesse desferido os golpes com muita calma, provavelmente enquanto a vítima ainda estava viva.

— E chama a isso um trabalho de amador? — indigno-me.

— Já lá vamos. Há marcas de estrangulamento, mas a causa da morte foram os pontapés, e não a asfixia. Por outro lado, à volta da boca e dos pulsos das vítimas havia vergões e partículas de cola, que associamos à utilização de uma fita qualquer, provavelmente daquelas castanhas, que servem para embrulhar caixotes. Ou seja, pensamos que o assassino terá primeiro estrangulado as mulheres por trás, até elas desmaiarem. Depois amordaçou-as, amarrou-lhes os pulsos atrás das costas, e então começou a matá-las.

— Continuo a achar que foi um profissional...

— Sim e não. Porque o criminoso revela uma enorme falta de conhecimentos de anatomia. Já depois dos assassinatos terem sido cometidos, o verme cortou a jugular das mulheres. Suspeitamos que não fazia a mínima ideia de onde se localizava a jugular e andou a esfaquear o pescoço a eito, até a encontrar.

— Bom, se calhar, com o tempo ele aprende — resmungo.

— Ora aí está, justamente. A 5ª vítima tem um corte perfeito, de profissional. Pode ser que o assassino tenha aperfeiçoado o método, mas a diferença é de tal ordem que bem podia ter sido outra pessoa.

— Que confusão — geme o Furtado.

— A confusão é ainda maior do que o senhor pensa — prossegue implacável a Dra. Florbela. — A vítima 4 foi atacada pelo "amador", mas os lábios foram cosidos pelo "profissional", tal como a 3, de resto. E é isso que nós ainda não conseguimos perceber, não faz o menor sentido.

— Bom, e as sapatilhas?

— Não passam de uma encenação baratucha, o que reforça a minha tese de que o verme não é lá muito inteligente. As marcas das sapatilhas são absolutamente idênticas. Nos testes laboratoriais feitos à alcatifa foi fácil perceber que a mesma pessoa calçou os diferentes pares de *Nike* e andou a passeá-los pelas poças de sangue.

— Ah é? E como é que chegaram a essa brilhante conclusão?

— É simples. As pessoas andam sempre da mesma maneira, as marcas dos sapatos fornecem-nos uma espécie de impressão digital. Nos primeiros 3 crimes, não havia alcatifas nas casas das vítimas, era impossível determinar as diferenças de peso entre as várias pegadas. Mas no 4º assassinato foi fácil constatar que um dos vermes é pesado e tem os pés ligeiramente chatos.

(Pés chatos? *Moi?*)

— Mas mesmo aí surge um problema — continua Florbela. — As marcas dos sapatos afunilados encontradas na casa das vítimas 4 e 5 revelam ser de uma pessoa mais leve, cujo peso está irregularmente distribuído pelas duas pernas. Ou seja, estou quase certa de que coxeia da perna esquerda. Agora a dúvida é em saber se é verdadeiramente outra pessoa, ou apenas o assassino a querer baralhar-nos.

(Baralhado estou eu. Então agora sou perseguido por um perneta? Será o capitão Ahab? Baleias de todo o mundo, uni-vos.)

Temos uma criada nova, a Dona Lurdes, não gosto dela, é uma gorda. O Papá também não a grama, diz que ela gosta é de dar com a língua nos dentes. Mas a Mamã sente falta de companhia, e as duas passam muito tempo juntas, a falar de coisas sem interesse nenhum. Estão sempre a arrumar tudo, que o Papá gosta das coisas arrumadas, e por isso eu brinco sozinho.

Só à noite é que a Mamã é minha, e isso nos dias em que o Papá não está em casa. Quando ele chega tenho de dormir sozinho, ele diz que eu já não sou nenhum bebé, chama-me choninhas. Só quando estão cá visitas é que ele não me chama nomes, nesses dias até me faz festas no cabelo. E posso ficar acordado até mais tarde, às vezes dão-me uma colher pequenina de café, no fim da noite.

Na semana passada tive outra vez asma, a Mamã até me levou à Dra. Leonor, que me dá sempre um chupa-chupa no final da consulta. Como estava adoentado, nessa semana dormi com a Mamã todos os dias, ela de costas.

A Mamã tem um rabo grande, eu fiquei mesmo encostadinho, a Mamã fugia um pouco e eu chegava-me mais, foi assim até ela adormecer.

A Mamã cheira a sabonete de alfazema.

17

A MALDIÇÃO DOS VON THYSSEN

Ainda insinuei à Dra. Florbela que precisava de uma aulita de ioga, que andava muito tenso, que me doíam os músculos, "a tensão, não sei se está a ver, o *Gang Nike*, patati, patatá. Até lhe fiz o truque dos peitorais cima-baixo, cima-baixo, para ver se a impressionava, mas ela nada. Nunca me perdoou ter adormecido nas aulas, o que é que querem, a mim a meditação final dava-me sempre para o sono. E aquela história de ressonar foi só por causa da sinusite, não tenho culpa, pois não?

Sei que me virou as costas hoje de manhã, depois de me aconselhar uma ida urgente ao psiquiatra, até me deu o telefone de uma amiga "especializada em casos como o seu". Quais casos? Muito susceptível a Doutora, se calhar não lhe devia ter dito que uma das meias dela tinha a costura torta. Pior mesmo foi quando me ofereci para endireitá-la, a força que a gaja tem, impressionante, acho que me deslocou o maxilar.

Ai Florbela, se algum dia for a um psiquiatra, é por tua causa. Adoro os teus pés, agora que penso nisso são parecidos com os da Mamã, compridos e fininhos. Será que calças o 42?

Com que então um amador... Não perdes por esperar, ó Florbela, a caminho de casa comprei um livro de anatomia, já sei tudo sobre a jugular, pelo menos em teoria, agora só me falta pôr em prática. Na Rua da Madalena, nº 38 - 4º B ("B" de "beijinhos", recordou-me a baleia ao telefone, uma verdadeira especialista em *marketing* directo).

Ontem tinha deixado o equipamento de pesca pronto, agora só me falta a roupa a rigor. Sapatilhas já não preciso, está visto, o sacaninha roubou-mas. E que tal uns sapatinhos de senhora, só para lançar a confusão? Vou ao quarto da Mamã. Ronhonhó, ronhonhó, abro o guarda-fatos naftalinoso. Sapatos não faltam, estão é um bocadinho *démodé*, saltos destes já não se usam. Enfim, lá terá de ser, pelo menos têm uma bela biqueira pontiaguda. Dra. Florbela, investigue lá esta.

E aqui está a gabardina do Papá. Belo modelo, sim senhor, destas não se fazem mais. É o meu fetiche, a gabardina do Papá, ainda por cima antracite, quase não se notam as manchas de sangue, e olhem que já tem muitas. Bem, nove e meia, está na hora, o dever chama.

Vejamos, não há ninguém cá fora, posso sair calmamente. Ando paranóico com as visitas do sacaninha, cada vez me custa mais sair de casa, é como se andasse com uma sombra atrás de mim, mas não vejo a sombra em lado nenhum.

Rua da Madalena, chegámos. Que prédio tão parolo, enfim, por oito milenas não se podia esperar grande coisa.

Toco no quarto "B", visualizo Brocas, Berbequins. "Quem é?", pergunta o intercomunicador.

Não é costume, obrigar a clientela a identificar-se logo à entrada, onde é que isto irá parar. "Abílio Alminha", respondo. Se calhar falei alto de mais, está um gajo ao pé de mim, a andar de um lado para o outro, tem um pé boto, parece uma marioneta. Provavelmente vem ao mesmo, as putas são democratas, vão com todos, até com os coxinhos.

A porta lá abre, entro no elevador esconso, apertadinho. Fico a cismar no gajo, parecia-me familiar, todo torto. Tenho a impressão de que já o vi antes, mas quando? Não, não pode ser! O sacaninha!? Aquela coisa enfezada? Se calhar é mesmo, filho da puta! Mudança de planos, vamos lá carregar no *stop*, já está, e agora rés-do-chão. Então? Não andas? Merda de elevadores terceiro-mundistas, olhem-me que esta porra, tinha de encravar mesmo a meio do 2º e do 3º andares!

— Então!? Que barulheira é esta pode-se saber!?

(Os berros vêm algures lá de baixo, é uma mulher, deve ser a porteirola local. É melhor parar com os pontapés, por momentos esqueci-me de que estava em trabalho, venha daí a vozinha conciliatória):

— Desculpe lá, vizinha, fiquei aqui preso no elevador. É sempre a mesma história, encravou outra vez.

— Quem está aí? É o Sr. Policarpo?

— Sou sim, vizinha. Chame-me lá o elevador, se faz favor, que é para ver se isto desencrava.

— É para já, Sr. Policarpo. Desculpe lá, não lhe estava a conhecer a voz. Pensava que era uma encomenda daquelas desavergonhadas do 4º B. Ainda está rouquito, não é verdade Sr. Engenheiro?

(Em caso de dúvida, tussa, aprendi num livro de etiqueta):

— Cof, cof. Menos mal, vizinha, menos mal. É este tempo malvado, ora faz calor, ora faz frio, maldita constipação.

— É a camada d'ozone, Sr. Engenheiro, anda toda baralhada, eles enviam para lá os foguetões e depois é isto. A camada d'ozone e o elevador, anda tudo avariado, eu chamo, chamo, e não há maneira disto andar. Espere aí um bocadinho que eu vou buscar o Manel. Ó Manel! Anda cá que o Sr. Engenheiro ficou preso no elevador!

— Escusa de se incomodar, dona... (cof, cof, qual será o nome dela?), escusa de se incomodar!

— Não incomoda nada. Era o que faltava, a gente deixá-lo ficar aí preso. Manel, ó Manel! Está a ver a bola, o malandro, é sempre a mesma história. Ó Manel!

— Então, está tudo louco neste prédio ou quê? São nove e meia, pelo amor de Deus! Nem em casa temos sossego! — berra outra mulher, a voz agora vem de cima.

— Boa noite, Dona Rosa, como tem passado?

— Podia estar melhor, não fosse este chinfrim. Então o que é que se passa, Dona Laurinda?

— É o seu marido, Dona Rosa, o Engenheiro Policarpo. Ficou outra vez preso no elevador.

(OK, vamos manter a calma, ainda não matei ninguém pois não? A mim ninguém me pode acusar de nada. Sou um simples cliente potencial do 4º B. Com uma malinha cheia de bisturis, luvas de látex — novas, repus o *stock* esta manhã —, fita de embrulho, linha de pesca e agulhas cirúrgicas. É a vantagem das listas, não me falta nada. Mas da próxima vez, pelo sim pelo não, incluo também aspirinas. Começo a ficar

com dor de cabeça. Olho para mim no espelho. Tenho vincos na testa.)
— O meu marido como? O meu marido já chegou há mais de meia hora! Hoje até veio mais cedo porque dava a bola na TV! Desculpe, Dona Laurinda, mas a senhora não deve andar boa da cabeça.
— Vai-me dizer agora que eu não conheço a voz do seu marido, não? Era o que faltava. Ó Sr. Engenheiro, acuse-se que é para eu não ficar aqui a fazer figura de parva! Sr. Engenheiro!
(Eu cá não acuso ninguém. *Cogito, ergo sum.* Vejamos, isto é um elevador, certo?)
— 'Tá a ver? 'Tá a ver? — guincha a Dona Rosa. — O seu "engenheiro" nem sequer responde! Vai na volta é surdo-mudo!
— Mas então quem é que está lá em cima? — excita-se a outra.
(Já topei tudo meus amigos. Reparem: o elevador é um *Thyssen* dos antigos, com a porta tipo acordeão, em ferro. É só levantar esta palheta com a ponta do bisturi e ela abre-se. Pronto já está, agora falta a outra porta, ainda dou cabo da lâmina, um bisturi quase novo, enfim, mais um pouquinho, vá lá, vá lá. OK, pronto, agora é só trepar para o 3º andar, se esta porcaria começa a andar agora fico cortado ao meio.)
— Ai Dona Rosa, vai na volta são aqueles pretos do telejornal!
— Quais pretos? Ai valha-me Deus, é o *gang*, é o *gang*! Policarpo! Policarpo!
— Manel! Manel!

(Oiço berros, mas agora vêm da televisão, da rádio, de cima e de baixo, o prédio inteiro estremece em *surround*: "Goooooolo do Benfica!". Outro? Já estava dois a zero quando saí de casa, ouvi no rádio do carro, coitados dos sportinguistas. Vamos lá é descer as escadinhas enquanto a costa está livre. Não há sinais da Dona Laurinda, deve estar dentro de casa a tentar arrastar o Manel cá para fora, ainda tenho alguns segundos, enquanto eles repetem o golo, isto é um país em câmara lenta. Uff, cá fora está-se bem melhor, muito mais calminho. Do sacaninha é que nem sinal. Que chatice, com esta já é a minha segunda tentativa falhada, a Rua da Madalena dá-me azar.)

Agora eu e a Mamã brincamos muitas vezes às cobrinhas, sempre que nos deitamos juntos. Ela ri-se quando lhe ponho as mãos na barriga, diz que tem cócegas. Mas se está maldisposta não me deixa dormir com ela, manda-me para o quarto, "vai-te embora", "não estou para te aturar".

Depois arrepende-se logo e então vem ter comigo. Abraça-me muito, e fica com a cara coladinha à minha, no escuro, "desculpa queridinho", "desculpa meu homenzinho". Nos dias em que berra comigo vem a chorar, a pele dela fica salgada e com um cheiro diferente, faz-me impressão, dá-me vontade de vomitar.

Também já brincamos à tarde, às vezes, quando a Lurdes está de folga e vai ter com o namorado. A Mamã fica na sala, a bordar ou assim, com os pés em cima da almofada. Eu roubo-lhe os óculos e ela vem atrás de mim e roubamos outra vez. Então eu desato a correr atrás da Mamã até a apanhar. Ela esconde os óculos entre as pernas, ou dentro da camisa, e eu tenho de ir lá buscá-los. Às vezes o meu braço encosta-se às mamas dela, são muito quentinhas.

Um dia, na brincadeira, rasguei-lhe a blusa. Ela deu-me um estalo.

18

ALMINHA ROBÔ

— Alminha amigo, estás com olheiras, rapaz, conta aqui ao Brandão, problemas com a patroa?
— Com a patroa não, *Boss*. Mas já andam para aí a dizer que eu sou igualzinho ao retrato-robô do *Tal & Qual*. Ontem à noite uma velhinha começou a olhar muito para mim e depois desatou a chamar-me assassino no meio da rua, à frente da vizinhança toda. Até me deu com o guarda-chuva na cabeça. Olhe, está a ver?
— Ena! Ela deu-te com força, grande galo, sim senhor. Devias ter orgulho, amigo Alminha, são ossos do ofício. E então, vai um cafezinho? O Furtado está atrasado para a reunião...
— Não percebo, *Boss*, o Furtado não é de se atrasar. Vai na volta foi chamado outra vez lá acima, agora é todos os dias, sobe e desce, sobe e desce. Já ouvi dizer que o director quer tirá-lo do caso, pelo menos é o que diz a rapaziada.

(Coitado, a promoção cada vez mais longe. E o Alvega nem morre nem sai de cima, hierarquicamente falando. De hierarquia percebo eu, é uma palavra que vem do latim. Ou será do grego? Às vezes baralho as línguas, mortas e vivas.)
— Sabes o que é que isso quer dizer, não sabes? — digo. — Ainda vai sobrar para nós, ou melhor, para ti. É melhor arranjarmos rapidamente um osso para dar ao Furtado. Os novos interrogatórios, não deram em nada?
— Por acaso até deram. Voltámos a falar com todos os vizinhos das cinco vítimas, mas agora em vez de perguntar por quatro pretos, perguntámos por suspeitos em geral. Até já temos um retrato-robô!
— Ena, Alminha, resultados! E diz-me lá, algum dos retratos é parecido contigo?
— Lá está o chefe a brincar com coisas sérias. Se algum dia descobrem a marosca do *Tal & Qual* ainda vamos para o olho da rua...
— Vamos não, querido, vais tu que foste lá entregá-lo. Ora deixa cá ver, chamas a isto um retrato-robô?
— Foi o melhor que se pôde arranjar, *Boss*. Mas este tipo só apareceu nos prédios dos crimes três, quatro e cinco, os da boca cosida. Se apareceu nos outros não sei, pelo menos ninguém deu por nada.
— É impressão minha ou o gajo ainda é mais feio do que tu?
— Parece que sim, *Boss*. E todas as testemunhas dizem que já não era novo, devia andar lá pelos 50, 60 anos. Acho que coxeava.
— Hum. E isto, o que é esta porra?
— Ah, isso... Bom, a gente ficou na dúvida se fazia um retrato ou não. Em alguns dos cinco prédios as pessoas fala-

ram de um gajo de gabardina escura. Acho que trazia uma malinha, houve mesmo quem jurasse que era uma mochila. Mas ninguém lhe viu a cara, dizem também que trazia um chapéu. Por isso a gente pediu ao Esteves, sabe, o dos retratos, para fazer este boneco. Talvez nos próximos interrogatórios a gente possa...

— Estão todos parvos ou quê? Não vês que isso é a imaginação das pessoas a trabalhar? É um *delirium tremens* colectivo, topas? Essa malta vê muitos filmes na televisão e começa a imaginar cenas, exorcistas de gabardina, o diabo a quatro.

— Mas, *Boss*...

— E ainda por cima de mochila, era o que faltava! O assassino ia lá acampar, não? Na casa das gajas, não? Vocês poupem-me, anda dá-me lá isso, caixote do lixo com o retrato. Brincamos, ou quê?

(Mesmo a tempo, vem ali o Furtado, em passada larga. Tem as orelhas vermelhas, diz a professora de ioga que é sinal de *stress*. O inspector nunca anda de táxi, mas devia.)

— Então, a destruir provas, Brandão? — dispara o Cara de Arenque.

— Era um retrato-robô da Florbela, feito cá pela rapaziada. Um estudo anatómico, não sei se está a perceber. Quer que eu junte os bocadinhos?

(Querer, quer. Continua com os olhos salivantes focados no caixote. Mas é a tal história, ele nunca dá parte de fraco.)

— Bom, se visse que estava tão interessado no boneco não o tinha rasgado — arrisco. — Deixe-me cá tirar isto do lixo, a gente limpa aqui estas manchinhas do café, as cinzas do meu cigarro...

— Deixe-se disso, homem! Farto das vossas ordinarices estou eu, não respeitam nada! E então, Alminha? Não tens nada para fazer? Desaparece-me da vista! E você, Brandão, venha daí, eu explico-lhe pelo caminho. Acabei de vir do gabinete do Coordenador Superior, está possesso, diz que andam todos doidos na Administração Interna, ainda mais agora, com as eleições à porta. O ministro está por um fio. Viu bem o *Tal & Qual*?
— Então não vi? Um mimo.
— Andam para aí a dizer que o retrato se parece com o Alminha.
— Olhe, que engraçado, agora que me fala nisso...
— Mas enfim, o Alminha... Com todo o respeito que a Dra. Florbela me merece, penso que o assassino é alguém com dois palmos de testa, ao passo que o Alminha...
(Dois palmos de testa? Pelo menos três meu amigo, mesmo com vincos.)
— Nunca se sabe — hesito. — Às vezes, quanto mais sonsos pior. Viu o alto que o Alminha tinha hoje na cabeça?
— Vi pois. O que foi? A mulher chegou-lhe outra vez a roupa ao pêlo?
— Bom, não é isso que dizem...
— E então o que é que dizem? Despache-se homem, sempre com insinuações, com segredinhos da treta!
— Uoua, Chefe, tenha lá calma! — (Uoua não é latim, mas os romanos já usavam a palavra. Com os cavalos, aprendi nos livros do *Astérix*.) — Não me diga que lhe andam a apertar os calos.
— E de que maneira, Brandão. E sabe o que mais? Se eu cair não caio sozinho. Adivinhe lá quem vai cair comigo?

(Uoua, Brandão. Tem calma que ele ainda é teu chefe. Pelo menos até o Alvega ressuscitar.)
— Quem vai cair consigo? Deixe-me cá ver, o Alvega não é de certeza, porque esse já caiu...
— Basta, Brandão! Estou farto, percebe? Farto! Agora quero é resultados, e rápido, senão daqui a pouco estamos os dois a fazer a ronda no Elefante Vermelho.
(A perspectiva nem me desagrada, adoro ver aquele putedo todo a circular, o Furtado escusava de ficar tão abespinhado. Será que é rabeta? Tocam à porta do gabinete):
— Entre! — berra o Furtado.
— Desculpem — curva-se o Alminha, humilde. — Mas é que recebemos agora um telefonema da 12ª esquadra. E, bem, pode não ser nada, mas apareceu lá uma mulher a dizer que os assassinos estiveram ontem na casa dela.
— E onde é que estiveste ontem à noite, ó Alminha?
(O Alminha cora. No espaço de segundos passou três semanas no Algarve — no mês de Agosto, e sem bronzeador.)
— Ah, o *Boss*, sempre a dar à língua, mesmo à frente do Furtado...
(A dar à língua? Será uma mensagem chantagístico-subliminar do Alminha? Mau. Vamos lá responder em morse *baculinum*):
— Dar à língua sempre, Alminha. Dar com a língua nos dentes é que não, querido, ainda se cortava uma língua por acidente e era para aí uma sangria desatada.
(Estou a brincar com o corta-papel do Furtado, para dar efeito. Neste momento seguro a ponta com o meu dedo indicador, até fazer sangue. É bem afiado, o corta-papel. O chefe, coitado, é que não está a pescar nada.)

— Estão todos doidos ou quê? Piadinhas de línguas agora? Já nem respeitam as vítimas? Desapareçam da minha frente, já! Do que é que estão à espera? Não ouviram? 12ª esquadra!

(É para já, Furtado amigo. Catita, o teu corta-papel. Já o levo no bolso do *blaser*. Espero que não me estrague o forro.)

19

TUDO PARA A ESQUADRA

Pois então cá vamos nós, no carrinho oficial, sirenes a bailar. É pena não ser de noite, às vezes atropelamos pretos por engano. O Alminha vai sentado lá atrás, muito encolhidinho. Estou a lamber o sangue do dedo, o corta-papel era mesmo afiado, 12ª esquadra, chegámos.

Os fardados afastam-se reverentes à nossa passagem, ando a tornar-me uma lenda viva, deve ser da falta de resultados. O oficial de dia está a pôr-me ao corrente, fala muito, cheio de salamaleques. Atrás de nós vem o Alminha, a arrastar-se, continua encolhido.

— A gente não queria incomodar, Sr. Inspector, mas temos ordens, sabe como é, verificar todas as pistas, e então surgiu aqui esta senhora, diz que no prédio dela moram umas prostitutas iguaizinhas às dos jornais e então eu achei...

(Não tinha nada que achar. É o problema desta nova fornada de fardados, têm todos curso, pensam imenso. Se não pensassem tinham-me poupado chatices, pois claro, olhem só quem está ali, à minha espera: Dona Laurinda em pessoa, a porteira inquisitiva da Rua da Madalena, nº 38. O avental às flores, pelo que vejo, segura-lhe as mamas. Ou será um vestido? Acerca do baixinho ao lado dela não tenho dúvidas, é o Manel, a esta hora não há bola. A boina disfarça-lhe a careca, tem as mãos nos bolsos.)

— Então, estamos com frio na careca, não?

(Gosto de entrar a matar, é o meu Programa Especial de Protecção de Testemunhas. Às vezes até uso luvas de boxe, não deixam marcas. O problema é que o fardado tem curso, e pelos vistos é um curso de boas maneiras):

— Sr. Manel, Dona Laurinda, queiram desculpar, apresento-vos o Sr. Inspector Porto Brandão, é ele que está a tomar conta do caso. Sr. Manel, se não se importasse tirava o chapeuzinho, que incomoda aqui o Sr. Inspector...

— Perdão, perdão, tiro já.

— Era o que faltava! — revolta-se a Laurinda. — Vem a gente aqui cumprir o nosso dever de cidadãos, e ainda por cima tratam a gente mal. Melhor faria se proibissem essas poucas-vergonhas que há para aí, moramos num prédio decente, até lá vive um Coronel reformado, e agora temos o prédio cheio de lambisgóias...

(Ena, um Coronel na Reforma. E um Engenheiro Policarpo. A Quinta da Marinha mudou-se para a Baixa?)

— Têm lá lambisgóias é? — pergunto sarcástico. — E o que é uma lambisgóia pode-se saber?

— Não se faça de desentendido, sabe muito bem o que eu quero dizer. Tenho lá duas prostitutas no prédio.

— Só duas? De certeza?

— Como!?

— Cof, cof — interrompe-nos o fardado com curso. — O Sr. Inspector queria saber se são mesmo só duas, enfim, se tem certeza de que não há mais...

— Muito sei eu, aquilo parece o metropolitano em hora de ponta, sempre gente a entrar e a sair...

— A entrar e a sair na hora de ponta?

— Como?!

— Peço desculpa, Dona Laurinda, já devia saber que o Sr. Inspector Brandão gosta de... Enfim, cof, cof. Então conte aqui ao Sr. Inspector aquilo que nos estava a dizer há bocadinho...

— Bom, ontem à noite andou lá no prédio um homem esquisito a rondar, cá para mim ia mas é ao 4º B, que é onde trabalham as outras. Mas depois ficou preso no elevador. Primeiro ainda pensei que fosse o Engenheiro Policarpo, mas depois vi que não. Então chamei aqui o Manel para ir ver, mas já o assassino se tinha ido embora...

— E viu-o a ir-se embora, foi?

— Então não vi? Com estes olhos que a terra há-de comer. Ainda o apanhei à saída e tudo, estava de costas mas vi-o bem, tinha uma gabardina escura e uma malinha preta...

— Eia, *Boss*, uma malinha preta! — interrompe o Alminha. — Se calhar aquele retrato-robô que o Sr. Inspector rasgou...

— Ai a brincadeira! Como é que é, Alminha? Queres fazer o interrogatório sozinho? Posso ir para casa?

— Desculpe, *Boss*, só estava a querer ajudar.

— Bom, Dona Laurinda, estava a dizer-me que viu o tal senhor a ir-se embora...

— Com estes olhos que a terra há-de comer, Sr. Inspector.

— E ele era preto?

— Preto? — hesita.
— A malinha era preta, certo? E o homem da malinha? Era da mesma cor?
— Sim, sim… Era preto, sim senhor.
(Benditos jornais, ainda continuam à procura do *Gang Nike*.)
— Tem a certeza?
— Absoluta, Sr. Inspector!
— E como é que a senhora viu que ele era preto se o gajo estava de costas?
— Bom…
— OK, já percebi tudo, estamos aqui a perder o nosso tempo, vamos mas é embora. Alminha? Andor.
— Mas, Sr. Inspector… — lembra-se a Dona Laurinda.
— Vi um branco também!
— Ena, isso sim, já é falar. E diga-me lá, o branco não era por acaso parecido com este?
(Mostro-lhe o retrato-robô do perneta, chamem-lhe intuição policial, é o meu célebre Faro Brandão, nunca falha. A roliça quase tem um ataque, "é ele", "é ele", grita, as mamas queijo amanteigado a abanarem com a emoção. Agora que reparo, ela pinta o cabelo de louro. Hum.)

Quando a minha mãe sai fico sozinho com a Dona Lurdes, a criada. Não gosto dela, está sempre a fazer-me perguntas sobre a Mamã e o Papá. Não percebo nada do que ela diz, não vejo interesse em falar sobre assuntos que não têm interesse nenhum.

A única coisa boa da Lurdes é que me deixa brincar com os meninos indianos da casa ao lado. Eles são três, têm todos a pele escura. A Anita é a mais branquinha, mas como ela não é da minha idade, e é menina, quase sempre acabo por brincar aos soldadinhos com o Paulo, que também já anda na escola.

Quando volto para casa a Dona Lurdes está a ver TV na sala, com os pés em cima da mesinha de vidro. Ela diz que aquilo é o nosso segredo, eu vou brincar com os vizinhos, ela fica lá na sala, e a gente não diz nada à Mamã.

Acho que o segredo não tem graça nenhuma, mas tenho medo de falar nele à Mamã, porque a Lurdes às vezes irrita-se comigo, pega-me nos braços e abana-me muito. Ela tem unhas compridas, anda sempre a pintá-las com o verniz que a Mamã guarda na bolsa cor-de-rosa, com fecho de correr.

As unhas da criada às vezes espetam-se na minha carne, e dói muito, até deixam marca. Um dia o Papá perguntou-me o que eram aquelas marcas e eu respondi que tinha sido na escola. Ele chamou-me choninhas e começou a dar-me estalos e a gritar ao mesmo tempo, "então, não te defendes?", "então, não te defendes?", até que eu fugi para a Mamã. Queria abraçá-la mas ela não me deixou, disse-me que eu não era nenhum bebé e mandou-me subir para o quarto.

20

TODOS ÀS PUTAS

E lá vamos nós de novo, sirenes a bailar rumo à Rua da Madalena, nº 38 - 4º B, que dia tão stressante. A Laurinda vai no banco de trás, espremida entre o Manel e o Alminha. O avental (ou vestido, ainda não percebi) revela uma perna redondinha. Se ao menos ela se calasse:

— O Sr. Inspector que me perdoe, mas não é por acaso aparentado com o Engenheiro Policarpo, pois não? É que tem a voz igualzinha, já há bocado tinha reparado...

(Salvo pelo gongo, estamos a chegar, dou ordens ao fardado que vai ao volante):

— Agora encoste aí à direita. Diga-me lá, Dona Laurinda, a que horas começa a trabalhar a sua vizinha do 4º B?

— De manhãzinha já lá andam elas, nem sei como é que aguentam, a mim de manhã nunca me apetece, ao passo que aqui ao Manel...

— OK, OK, poupe-me os detalhes. Então diga-me lá, qual é o andar?

— É o 4º B.
— "B" de beijinhos?
— Como?
— Esqueça. Ora aqui estamos. Se calhar é melhor ir pelas escadas, não?
— Então porquê, Sr. Inspector? Ainda ontem à noite vieram cá os senhores da manutenção. Foi quando estava com eles, lá em cima, na casa das máquinas, que vi o outro, aquele assim meio torto, a descer as escadas.

Entramos no elevador, continua apertadinho, só cabem dois de cada vez. Tenho o braço entalado entre as mamas da Laurinda, contraio os bíceps, "ai que rijo, Sr. Inspector", admira-se a vacalhonça. Cheira a lixívia. Hum.

— É aqui, Sr. Inspector — exulta a Laurinda. — Vamos lá tocar a campainha. Estou para ver a cara da lambisgóia, a surpresa que vai ter.

(Surpresa vais ter tu, Laurinda linda. Ou me engano muito ou a cara da lambisgóia já deve estar a adquirir uma suave coloração esverdeada, porque a campainha toca, toca e nada. Está na hora de usar o célebre Pontapé Brandão.)

— Valha-nos Deus, Sr. Inspector, que ainda me dá cabo da porta, e depois tenho de me haver com o proprietário. Espere um pouco que eu tenho aqui a chave. Deixe cá ver, deve ser esta...

A porta abre-se com um rangido, vem lá de dentro um cheiro familiar, adocicado. O sacaninha teve mais sorte do que eu, conseguiu caçar as baleias, é a vantagem de usar as escadas. Está uma gorda espalhada na alcatifa da sala. Ena, duas, vejo um braço a espreitar do quarto ao lado, a amiga afinal sempre fez serão, é no que dá as horas extraordinárias.

O Alminha e o fardado estão em estado de choque, louras aos pares é muito mais giro. A pobre da Laurinda é que não aguentou tanta emoção, desabou logo à entrada. O Manel ainda tentou apanhá-la em queda, mas continuava com as mãos nos bolsos, não foi a tempo. Temos portanto três louras no chão, e a porteira é a única vestida. Mas caiu de perna aberta, ajuda a compor o ambiente, tipo bacanal romano.

— Eia, *Boss*! — espanta-se o Alminha. — Olhe só os sapatos! Iguaizinhos àqueles que o Inspector usava no ano passado!

(Iguais não, são os mesmos. E são meus. Tamanho 42, a imitar pele de cobra. Estão muito bem arrumados, no meio da poça de sangue, até parece uma montra. Muito estético, o sacaninha.)

— Desta vez é que o apanhamos, *Boss*, agora é que é! Sapatos como aqueles não há muita gente que use!

— Cala-te, animal. Não vês que aquilo é uma mensagem? Ou achas que o assassino anda para aí a espalhar provas de propósito? Se calhar pensas que vais encontrar impressões digitais nos sapatos, não?

— Bem, o *Boss* é que sabe, mas a mim parece-me que...

— Desaparece-me da frente. Vai mas é telefonar aos peritos para virem cá. E diz aí ao da farda para me pôr esta gente toda daqui para fora.

— É para já, *Boss*. E deixe estar que posso telefonar daqui, trouxe o telemóvel de serviço.

(Começa a pensar o Alminha, qualquer dia tira um curso.)

— Então despacha-te. E no quarto ao lado, como está o panorama? Vai lá ver se descobres alguma coisa.

(E nós toca a limpar os sapatinhos com o lenço, que pena, tão giros, o que eu gostava deles. Sacaninha, não perdes por esperar.)
— Eia, *Boss*!
(Pronto, o Alminha descobriu uma pista, vamos mas é despachar antes que ele...)
— Eia, *Boss*, o que é que está a fazer?
— Não estavas à espera que eu tocasse com os dedos nos sapatos pois não? Nunca ouviste falar de impressões digitais?
— Tem razão, tem razão, desculpe *Boss*. Mas tenha cuidado, que o lenço está a ficar cheio de sangue.
— E então, a outra gorda, ainda mexe?
— Se eu lhe disser nem acredita. Venha ver.
(Eu vou, e é o costume: uma louraça nua, em pose em cruz, a boca cosida. A novidade é que esta tem umas luvas de látex à volta do pescoço. E também são minhas, as luvas. Já oiço os peritos a subir as escadas. Começo a ficar com vincos na testa, em permanência.)

Sinto a falta do Anselmo. Na nova escola não tenho nenhum amigo, nem mesmo ceguinho. A Mamã agora passa muito tempo fora de casa. Todos os dias, antes de sair, senta-se à frente do espelho. Pega no saquinho cor-de-rosa, onde está o verniz, e tira de lá muitas coisas para pôr na cara. Gosto muito do pó-de-arroz, tem uma esponjinha lá dentro.
Depois da Mamã se ir embora fico sozinho com a Dona Lurdes, que nunca quer brincar comigo. Um dia ela estava a

ler uma revista no sofá e eu tirei-lhe a revista, para fazer a brincadeira igual à que faço com a Mamã. Ela não conhecia o jogo e ficou muito chateada. Disse que eu era um anormal, segurou-me pelos braços e abanou-me.

Eu expliquei-lhe o jogo, e também o das cobrinhas, ela não percebeu. Deitei-me junto dela, para lhe mostrar como se fazia, mas ela chamou-me outra vez anormal, disse que ia fazer queixa ao Papá. Então fiquei com muito medo e fui para debaixo da minha cama.

Nesse dia a Mamã voltou outra vez tarde, eu já tinha adormecido. Ela limpou-me o ranho e perguntou o que tinha, se a Lurdes me tinha feito mal. Não lhe disse nada, não gosto quando ela vem da rua com aquele cheiro na boca, uma coisa doce e azeda ao mesmo tempo.

21

MOI CHEZ MOI

O Alminha anda a olhar para mim de maneira bizarra, não sei o que se passa com o animal. Pelo sim pelo não mandei a rapaziada revistar a casa das putas com cuidado, para ver se elas mantinham alguma espécie de registo da clientela, uma listazinha de nomes, uma agenda, qualquer coisa. Talvez não dê em nada, mas nunca se sabe, *audaces fortuna juvat*, a sorte pertence aos audazes.

Desta é que é, o Ministro da Administração Interna vai mesmo com os porcos. À saída do prédio cruzei-me com uma gaja do *Tal & Qual*. Ou me engano muito ou a Dona Laurinda passou o resto da manhã ao telefone. Quando a bomba estourar vai ser um mimo.

Ainda pensei em gamar as luvas, mas achei que não valia a pena, era só pelo valor sentimental. Tirar impressões digitais dali é impossível, a superfície é demasiado rugosa. A minha sorte é o sacaninha não perceber nada do assunto, pelo menos isso já eu sei, o gajo não é polícia de certeza.

Acabei por despachar o Alminha ("uma pista, percebes?"), e toca a ir *chez moi* antes que as línguas me entrem em casa, se é que já não entraram. Instalaram finalmente a porta blindada, 320 mocas nas *Chaves do Areeiro*, uma roubalheira. Mas se o sacana conseguiu abrir o cofre sem forçar a fechadura, tudo é possível.

Ora vejamos, esteve aqui alguém, o tapete está fora do lugar. A Clotilde tinha-me dito que não vinha cá hoje, a Dona Aida só limpa as escadas às quartas-feiras, portanto... Hum, também andaram a brincar com a fechadura, tinha metido um cabelo na ranhura e já lá não está.

Contraio os peitorais, o revólver salta-me para a mão. OK, vamos empurrar a porta devagarinho. Não, aqui ele não entrou, tinha espalhado talco no chão e não há marcas. Deixem-me ver melhor a fechadura, pois é, noto uns risquinhos no canhão, o sacaninha tentou forçá-la mas não conseguiu. Bizarro. E então como é que ele abriu o cofre? Bem sei que é antigo, mas entre aquilo e uma porta blindada...

Claro. Já sei onde estão as línguas, com a pressa de fintar a porteira nem vi a caixa do correio, meti-me logo no elevador. Vamos então descer. Não. Pensando bem, é melhor ir pelas escadas, ando claustrofóbico.

Ena, hoje é o meu dia de sorte, a porteira operática tem a porta aberta mas não me caçou, deve estar agarrada à telenovela da hora do almoço. Bom vamos ver a caixa do correio. Momento solene, mais uma encomenda? Não, afinal não, só um envelope bojudo. É o catálogo que eu tinha encomendado, *Vibra Comigo*, edição ilustrada.

OK, voltemos para casa, em bicos dos pés para não chamar a atenção da porteirola, ela continua com a porta aberta.

Até nisso se prova a superioridade dos sapatos de borracha, não fazem barulho nas escadas.
— Eu vou matar ele, eu juro que vou matar ele, cafajeste!
— Larga ele, vai? Luisão dá no pé cara, que ele ainda te mata!
Oiço um tiro, deve ser da novela, a televisão continua a berrar lá dentro, em brasileiro. Bem, está aqui um pivete que não se aguenta, verdadeiramente amoniacal. Vem da casa da porteira, um líquido amarelo escorre em direcção à entrada. Será que a gaja é incontinente?
(A minha vizinha do quarto andar é, já a vi uma vez a fazer no corredor. Ouvi um barulho, espreitei pelo buraco da fechadura e lá estava ela de cócoras, rabo alçado, a liquefazer-se mesmo frente à minha porta. As minhas botas nunca mais recuperaram do pontapé, o couro ficou todo engelhado.)
Bom, investiguemos, que esta história da porteira está a fazer-me espécie, é só seguir o rio amarelo, ou melhor, amarelo avermelhado, que o sangue está a emprestar-lhe uma nova coloração. Hum. Ora, ora, eis a Dona Aida! Coitadinha, parece que foi desta para melhor. Está caída no chão, ensopada em formol, cacos de vidro por todo o lado, um papel amarrotado na mão.
Mau, parece que ainda vive, vamos lá ver a pulsação. Eu já sei onde é a jugular, ou pelo menos em teoria, que no meio de tanta prega é difícil descobri-la. Blergh, enfiemos os dedos na papada, de certeza que existe um pescoço aqui algures. Ora aqui está, e sim, confirma-se, o coração ainda bate.
A porteira começa a dar sinais de vida, acho que está a acordar, neste momento não me convém nada, não haverá aqui objectos contundentes? É isto mesmo, um prato de

estanho martelado, *souvenir* de Paris, está escrito, parece-me Montmartre. Pois então, *et voilá* na cabeça da gorda, para ver se ela acalma. Pronto, já está mais calminha. Agora desligar a TV e fechar a porta, que o momento exige reflexão.

    O mais provável é a Dona Aida ter apanhado o sacaninha em flagrante, com o pacote nas mãos. Ou então ele simplesmente entregou-lhe a encomenda, ela abriu e foi ao tapete. Não, não faz sentido. Vejamos o papel: "Para a porteira, com os cumprimentos do Inspector Brandão". Está escrito à pressa, em garatujos de letra de imprensa. A hiena deve ter tentado entrar em minha casa, não conseguiu e teve de optar por um esquema alternativo.

    A vacalhonça já leu a mensagem de certeza, e agora vai dar com a língua nos dentes. A menos que não tenha língua, claro. Não haverá aqui objectos cortantes? Ena, uma adaga, *souvenir* de Istambul, a velha é viajada, lavar escadas é o que está a dar.

    Treta de adaga, é de fancaria, nem sequer tem gume. Se calhar na cozinha... Mau, oiço um barulho vindo da porta de entrada, não me digam que é... É mesmo ele, o marido, o Sr. Aníbal, já está a meter a chave na fechadura... Toca a esconder. Mas onde? No quarto? Debaixo da cama? Já sei, dentro do guarda-fatos, é mais seguro. Porra, esqueci-me do papel de embrulho, é melhor ir lá buscá-lo, rápido, rápido.

    — Ó Aida, nem imaginas quem é que eu encontrei agora nas escadas... mas... Aida, ó Aidinha! Aida! Ó mulher, então mulher? Ai a minha vida, ai a minha vida. Socorro, socorro, acudam! — berra o porteiro.

    — Então, Sr. Aníbal, o que é que se passa?

(Reconheço a voz, é o Alcides, reformado do 3º Dto., sofre de *Alzheimer*. Ou ele ou a mulher não sei, um dos dois, são praticamente iguais, mas ele tem mais bigode.)
— A minha mulher, mataram a minha mulher! Assassinos, assassinos!
— Calma, Sr. Aníbal, calma. Olhe, não vê que ela ainda mexe? Está a ver? Ligue para o 115, chame a polícia, os bombeiros, despache-se homem!
— Ai a minha vida, ai a minha vida. Bandidos, assassinos!
— Bom, já vi que tenho de ser eu a telefonar. Então, o telefone está avariado? Ó Sr. Aníbal, é 115 ou 112?
— Aida, ó Aidinha!
— Está sim, é das emergências? Fala da Rua Forno do Tijolo, 87, precisamos de uma ambulância, urgente, tentaram matar a mulher do Sr. Aníbal! Sei lá como! Acho que foi com um prato, um prato sim, um daqueles de estanho, de Paris creio eu. O quê? Se é loura? Mas vocês estão todos doidos? A mulher está aqui a morrer e você pergunta-me se é loura? Como? Claro que está vestida, homem, mas você julga que isto é o quê? Um bordel? Despachem-se mas é com a ambulância!
(Oiço o telefone a ser desligado com violência. Esta gente stressa por tudo e por nada.)
— Pronto, Sr. Aníbal, já está, a ambulância vem a caminho.
— Aida, minha Aidinha, estás viva! — exulta o porteiro.
— Ai que me dói a cabeça, até parece que levei uma traulitada no meio dos olhos — queixa-se a porteira.
— Ai Aidinha, que susto nos pregaste. Não te mexas filha, que já aí vem a ambulância.

— Mas o que é que aconteceu? Onde estou? Quem é este senhor?
— Então, filha? Não vês que é o Sr. Alcides?
— O Alcides?
— O do 3º Dto. mulher, então?
— Pode-se entrar?
(Esta voz não conheço, aqui dentro também não se ouve grande coisa. Deve ser a bófia, malditos fardados, estão em todo o lado.)
— Boa tarde, sou o subchefe Mendonça, este aqui é o agente Almeida.
— Ai Sr. Guarda, ainda bem que chegaram. Acho que tentaram matar a minha mulher, deram-lhe na cabeça. Eu estranhei logo, assim que cheguei a casa, este cheiro todo, a televisão desligada…
— Pois é, está aqui um cheirete que não se aguenta. O que é esta coisa amarela?
— Não faço a mínima ideia, já estava assim quando cá cheguei — defende-se o Sr. Aníbal.
— É verdade, eu sou testemunha — corrobora o Alcides.
— A senhora consegue levantar-se? — pergunta o fardado. — Vá lá, devagarinho, coragem que já aí vem a ambulância. Cortou-se nos vidros, foi? Jesus! O que é isto? Parece uma língua? Ihrc. Que nojo! É mesmo uma língua? Meu Deus, Almeida, liga-me já para a central, isto parece uma história do *Nike Killer*!
— Do *Gang Nike*, quer o senhor dizer? — corrige o Alcides, muito dado a leituras.
— Não, acho que não é nenhum *gang*, afinal parece que é só um gajo, pelo menos é o que dizem na base. Um

ou dois, ainda não percebi, que aquela gente da Judite tem a mania dos segredos.

— E dois não são um *gang*? — persiste o Alcides.

— Boa pergunta. Nunca sei bem, no manual dizem que *gang* é "um grupo organizado com intenções criminosas". Mas dois são um grupo? Isso é que a gente não sabe, no manual não explicam. Se calhar só a partir de três é que é um *gang*, não? Olha, já aí vêm os paramédicos. Não mexam em nada, meus amigos. Então, Almeida? Já falaste com a central?

— Já sim, meu sargento. Vão já ligar para a Judite. Vai na volta ainda ficamos a conhecer hoje o Inspector Brandão.

— O Inspector!!! Claro, ando maluco de todo. Sr. Guarda, esqueci-me completamente disso — acode solícito o Sr. Aníbal. — O Inspector Brandão mora aqui!

— Aqui aonde?

— Mesmo aqui no prédio, no 4º Dto.!

— Não me diga! Ele há coincidências! Ó Almeida, sobe lá ao quarto andar, quem sabe apanhas o Inspector, anda, despacha-te!

(Era o apanhas, continuo enfiado no guarda-fatos. Já me falta o ar, odeio naftalina. Oh não! O meu telemóvel começa a tocar, está cada vez mais histérico. São os gajos da base, de certeza, já imagino o Alminha do outro lado da linha. Não vejo nada no meio desta escuridão, como é que se desliga esta porcaria? Devia ter comprado um daqueles vibratórios, multifunções.)

— Ó Almeida, atende lá o telemóvel — manda o sargento.

— Qual telemóvel? O meu não é de certeza, está sem bateria. Não se lembra de que ainda hoje de manhã lhe pedi o carregador emprestado?

— Ah pois foi. Curioso, podia jurar que ouvi um telemóvel, igualzinho ao teu, a música do 007 e tudo. Acho que o som veio lá de dentro, daquele quarto. Vamos investigar.
— Do quarto não pode ser, Sr. Guarda — intervém o porteiro. — Cá em casa ninguém tem telemóvel. A minha nora até ofereceu um no Natal, aqui à Aidinha, mas ela não se ajeitava com os botões...
— De qualquer modo não custa nada verificar. Dá-me licença? Não, não está ninguém no quarto. Ó Almeida, veja-me aí debaixo da cama, que eu vou espreitar aqui no guarda-fatos. Ihrc, que cheirete, tresanda a naftalina. Olhem qu'esta! Estava convencido de que tinha ouvido um telemóvel. Enfim, hoje em dia uma pessoa parece que está sempre a ouvi-los, apitos por todo o lado, às vezes julgo que estou a ficar maluco!
(És tu e eu. *O tempora, o mores*, ó tempos, ó costumes. Estou quase a sufocar debaixo das combinações da Dona Aida, ainda por cima sou alérgico a fibras.)

22

AVE, *BRANDÃO*

Finalmente, lar doce lar, estava a ver que nunca mais saía do guarda-fatos. Liguemos o telemóvel. Ena, tantas chamadas não atendidas, sou mesmo um gajo popular. E por falar nisso, aí vem mais uma:
— Inspector Brandão?
— É o próprio.
— Boa tarde, colega, fala o Inspector Abreu, da 7ª Secção, 2ª Brigada. Então? Muito trabalhinho com o *Nike Killer*?
— É o costume, é o costume. Diz lá, em que te posso ser útil?
— Precisava de falar contigo, com alguma urgência. É uma ideia que eu cá tenho, uma investigação já antiga. Se calhar está relacionada com o teu caso. Achas que nos podemos encontrar amanhã de manhã? Lá pelas nove horas?
Poder podemos, lá marco o encontro. Ando a adiar o momento de regressar à base. Devem estar danados comigo, tanto tempo sem atender o telemóvel. Estive cinco horas

enfiado no guarda-fatos, à espera que os gajos se fossem embora, ainda não acredito.

Tenho os olhos inflamados de tanta naftalina, o meu apêndice nasal está dormente de todo, se calhar nunca mais recupero o célebre Faro Brandão. Tive de tomar dois banhos, mas não adiantou grande coisa, deixo um rasto à minha passagem, sou uma drogaria ambulante.

— Está sim, Alminha?

— Eia, *Boss*! Até que enfim o apanho! — (Afasta-se do bocal e começa a berrar): — É o Brandão, é o Brandão! Afinal está vivo!

— Claro que estou vivo, ó animal! Por que é que não havia de estar?

— Então não sabe, *Boss*? O assassino esteve hoje no seu prédio. Atacou a porteira e tudo. Uma confusão, nós até fomos chamados ao local para investigar. Foi hoje à tarde, pouco passava da uma. Desde então temos andado a telefonar-lhe para todo o lado. Até alertámos a PSP, estão todos à sua procura.

— Só não foram à minha casa, certo?

— Bem, tocámos à campainha, mas como ninguém atendia...

— E não se lembraram de arrombar a porta, pois não?

— A rapaziada ainda pensou nisso, mas depois viram que a porta era blindada e desistiram...

— Estou tramado convosco. E se eu estivesse morto lá dentro?

— Ná, o *Boss*? A si ninguém o apanha!

— Mas apanharam, ó anormal! Tocaram à campainha, eu a pensar que era a porteira, e quando abro a porta só vejo uma barra de ferro a cair-me na cabeça. Depois não sei, devem ter-me sedado com clorofórmio, ou outra porcaria do género, tenho o aparelho respiratório todo apanhado. Só agora é que recuperei os sentidos.

— Eia, *Boss*!

— Pois é, eu lá dentro caído e vocês preocupados com uma porta blindada! Francamente.

— E agora, *Boss*? Está melhor? Quer que eu vá consigo ao médico?

— Não, deixa estar que eu vou sozinho. A pancada na cabeça não é grave. Explica ao Furtado o que se está a passar. Depois do hospital sigo logo para aí.

— Venha só amanhã, *Boss*, já passa das sete. A gente quer é que o chefe se ponha bom, temos muitas novidades para lhe contar.

— Nem pensar. Vou para aí mal me despache do hospital.

Afinal isto está a compor-se, não tarda muito sou um herói de guerra. Então vamos lá dar umas cabeçadas na parede, ou melhor, na porta blindada, que é mais dura. Ai, ui! Irra, é mais dura do que eu pensava. Já sangra, sim senhor, magnífico corte. Embora para o hospital.

Não, se calhar não, vou mas é para a sede, com a testa a escorrer sangue é muito mais giro. Quero ver a cara daqueles tipos quando eu lá chegar, a segurar um lenço contra a testa. Visualizo uma passadeira vermelha, o Furtado de joelhos, *ave*, Brandão.

Afinal não, já se foi quase toda a gente embora, à minha espera só está o meu reles estagiário.

— Então, Alminha, isso vai?

— Eia, *Boss*, arriaram-lhe com força. Não foi ao hospital?
— O dever falou mais alto. Então, o que me contas?
— Já falou com a porteira?
— Ainda não. Passei por lá antes de sair de casa, mas não estava ninguém.
— Pois é, de qualquer modo também não adiantava grande coisa, acho que ficou desmemoriada, coitada. Deve ter sido da pancada, os médicos dizem que ela ainda vai levar uns dias a recuperar. Estava em estado de choque quando a encontrámos, não dizia coisa com coisa, nem sequer conhecia o marido, veja lá. E depois havia mais um frasco partido no chão, um daqueles das línguas...
— Só um frasco?
— Pois é, a gente também ficou admirada, devia haver dois não é? Quer dizer, duas vítimas duas línguas, não é?
— Hum. E dizes que lhe deram na cabeça, certo? Que arma usaram?
— Um prato, e bem bonito, de Paris...
— Impressões digitais?
— Ná, com aqueles gravados todos? Impossível.
— Que chatice, ó Alminha. Não há maneira de apanharmos o gajo — entristeço.
— Se calhar há, *Boss*. Aquilo das luvas de látex não deu em nada. Mas a Dra. Florbela estava encantada, telefonou há pouco, disse que tinha encontrado umas impressões digitais muito boas noutro sítio, mas nem sequer disse onde. Já as mandou checar no computador, para ver se é alguém com cadastro. Muito embora ela ache que não.
— Não me baralhes. Que não o quê?
— Que não é gente com cadastro. Ela pensa que é alguém aqui da Judite, e o Furtado também acha.

— Mas que raio de ideia é essa? Por que é que haveria de ser da Judiciária?
— Ah isso não sei, são coisas lá deles, do Furtado e da Florbela. Olhe, *Boss*, por falar no Furtado, ali vem ele. Diga-me só uma coisa, não lhe cheira aqui mal?
— Tipo quê?
— Não sei, a mim cheira-me a naftalina.
(Irra!)
— Então, Brandão, e essa folga, foi boa?
(É o Furtado, não tem coração. Um homem aqui a esvair-se em sangue e ele insinua ronhas. Tenho de recorrer à retórica gestual, o argumento é o lenço ensanguentado. Espeto com ele no nariz do chefe):
— E isto, ó Furtado? Acha que me veio o período?
(Adoro a palavra período. É o supremo *argumentum baculinum*, ou argumento cacete. Qualquer homem treme à simples menção da palavra. Eu até curto, o sanguinho. Já vos contei a piada das sandes de *ketchup*?)
— Tire-me essa porcaria da frente! — berra o Furtado. — A brincadeira tem limite, percebe? Venha mas é ao gabinete.
(Se calhar exagerei no *ketchup*, a mostarda está a subir-lhe ao nariz.)
— Tenha lá calma, Chefe. Olhe a pressão arterial. Lembre-se do Alvega!
— Sempre com piadinhas, sempre com piadinhas. Pois quero ver quem é que se vai rir agora: acabaram de nos afastar do caso!
— Afastar!? Como!?
— Ah, estou a ver que já não se arma em piadista! Telefonaram para o Ministério da Administração Interna, acho que

foram os tipos do *Tal & Qual*. Andaram a meter o nariz na investigação e agora já sabem que são sete gajas mortas. Sete! E nem sombra de assassino! Já nem sequer a treta dos pretos lhes podemos vender, logo os pretos que davam tanto jeito. Eles querem sangue percebe? E quando a minha cabeça rolar, a sua também rola, *capisci*?

(*Capisci* eu percebi. Também vem do latim.)

— E então quem é que vai cuidar do caso?

— Falam para aí do Inspector Abreu, da 2ª Brigada. Mas não há confirmação oficial.

(O Abreu!? Não é com esse gajo que tenho uma reunião amanhã? A intriga complica-se.)

— Por mim tudo bem, até me apeteciam umas feriazinhas. Vou mas é para o hospital, que isto não pára de sangrar.

— Como queira. Mas amanhã trate de estar no Instituto de Medicina Legal às dez em ponto, temos uma reunião com a Dra. Florbela.

— Já não percebo nada disto. Afinal ficamos com o caso ou não?

— Não, não ficamos. Mas até que nos comuniquem oficialmente, a gente continua a trabalhar como se nada fosse, entendido?

(Visualizo uma morgue a nadar em sangue, a Florbela a lamber-me a ferida.)

A Dona Lurdes fala muito com a criada dos vizinhos, que não é indiana como eles, mas sim da raça do Batista. Passam horas a conversar e a rir-se muito, são umas parvas, calam-se sempre que aparece a mãe da Anita e do Paulo.

Há dias eu e o Paulo andámos à bulha, ele acusou-me de lhe ter roubado um cãozinho de plástico. Era verdade, mas o cão estava todo mordido, até lhe faltava o rabo, não sei por que é que não podia ficar com ele. Voltei mais cedo para casa nesse dia, a Lurdes não estava a ver TV. Procurei-a pela casa toda. Pensei que talvez estivesse a usar os vernizes da Mamã e subi ao andar de cima.

Afinal estava a mexer no armário do Papá, onde ele guarda a colecção de moedas velhas. Quando me viu arrumou tudo lá dentro à pressa. E disse-me que se eu abrisse o bico ela contava ao Papá o jogo das cobrinhas, e então eu fiquei calado.

23

O ABREU METE O NARIZ

Ena, duas reuniões marcadas para hoje, qualquer dia compro uma agenda. Dormi como uma pedra, a Mamã não fez barulho nenhum. Desde que instalei a porta blindada ela tem andado mais calma, se calhar eram as visitas do sacaninha que a andavam a perturbar. Começo a dar razão à professora de ioga, afinal confirma-se, os vegetais sentem.
  Bem, vamos lá despachar, tenho ainda de embrulhar a prenda da Florbela. Ontem comprei-lhe um livro, *Destined for Murder: Profiles of Six Serial Killers with Astrological Commentary*, ela adora essas tretas do Zodíaco. Às vezes há coincidências, admito: um dos seis psicopatas do livro nasceu no mesmo dia que eu, a 23 de Outubro, é Escorpião de gema.
  OK, lindo embrulhinho, e agora rumo à base, tenho de aturar o Abreu. Não me apetece nada, o Cara de Fuinha tem a mania de meter o nariz onde não é chamado. É um ressabiado, coitado, ficou assim desde o caso Sopa dos Mortos. Aqui nos Anjos foi uma limpeza, apareceram decapitados

uma data de sem-abrigo. Todas as manhãs a bófia encontrava mais um, até que os gajos deixaram de acampar nas redondezas, vinham comer a sopinha e bazavam. Nunca descobriram o assassino.

Lá está o Cara de Fuinha, à minha espera, a fingir-se atarefado. Tem um sorrisinho sinistro na fuça, mas não devia. Vim o caminho todo com a estúpida sensação de que me estavam a seguir, essas coisas deixam-me muito maldisposto.

— Então, Brandão, hoje madrugaste, não é costume...

— Deixa-te de tretas, Abreu, a esta hora não. Vamos lá despachar, ontem comi uma sopinha que me caiu muito mal. Então, o que me contas?

— O Furtado está a entrar em parafuso, não sei se estás a ver. Andou a distribuir os retratos-robô dos suspeitos pelo pessoal todo, PJ, PSP e GNR...

— Quais retratos?

— Bom os dois únicos que há até ao momento. Aquele parecido com o Alminha, que saiu no *Tal & Qual*, e o outro, feito com base nas declarações dos vizinhos. Não sei se estás a ver, o do gajo coxo. É esse que me interessa.

— Não me digas, alguém da tua família?

— Engraçado que me perguntes isso. Se calhar o gajo tem a ver é com a tua família.

— Impossível querido, eu cá sou um pobre órfão.

(Bom, quer dizer, o Papá morreu mas a Mamã tecnicamente ainda está viva. Serei meio órfão? Ou órfão e meio?)

— Bom, a tua mãe, que eu saiba, ainda é viva. E suspeito que ela tem alguma coisa a ver com os assassinatos...

(Está escrito nos manuais, nunca te meterás com a família de um colega, especialmente a mãe — não tarda muito o

Abreu começa a chamar-me filho da puta. Faço pois voz de macho, ponho os músculos todos a trinar):

— Estás a insinuar que a minha mãe andou para aí a matar as putas, é isso? Deixa-me cá ver, primeiro ela estrangulava as gajas com a algália, depois dava-lhes com a arrastadeira, é isso?

(Eu avanço, o Abreu encolhe-se. Olha para os lados à procura de ajuda, a esta hora ainda não está cá ninguém.)

— Tem calma, meu! Brandão, ouve lá, tem calma. Desculpa lá se te ofendi, eu conheço bem a história da tua mãe. Não era isso que eu queria dizer... Espera aí que eu explico...

— Estou à espera.

— Bem, como sabes fui eu que investiguei o espancamento da tua mãe, em 1992...

— E então? Apanhaste o gajo, foi? Passados seis anos? Estás a melhorar.

— Não, não apanhei. Mas pelo menos já sei quem foi. É o mesmo gajo que agora anda a matar as putas.

(Eu não disse? Já me está a chamar filho da puta. E sabem que mais? Sou mesmo.)

— Larga-me, Brandão, foda-se, meu (cof, cof). O que é que tu tens, meu? Larga-me o pescoço, foda-se! Não se pode falar contigo!? (cof, cof) Tu tem calma, meu. Olha para isto! Estás a ver este retrato-robô?

— Sim, e daí? É o perneta que nós andamos à procura.

— Não, aí é que está! Não é o perneta! Este retrato-robô foi feito em 1992. É do gajo que fez aquele lindo serviço à tua mãe!

(Lindo é relativo, nem sequer o acabou. Mas que é o mesmo gajo não há dúvidas, pelos vistos o sacaninha já me anda a perseguir há muito. Mas porquê dar uma tareia na Mamã? Por que não matá-la simplesmente? *Ira furor brevis est*, a raiva é uma loucura de curta duração.)

— Ena, estamos a fazer progressos...

— Deixas-me acabar ou não? Bom, como eu ia dizendo, na altura a gente não conseguiu apanhar o tipo, nem sequer sabíamos que era coxo. As testemunhas só se lembravam de o ter visto a fugir numa mota. Bom, adiante. Quando reconheci o retrato-robô do *Nike Killer*, decidi reabrir o processo da tua mãe. Passei tudo outra vez a pente fino, vi inclusive os registos de cadastrados para ver se encontrava algum com problemas nas pernas, próteses, qualquer coisa. E sabes o que é que eu descobri?

— Estou mortinho por saber.

— Dois meses antes da tua mãe ser atacada, fugiu da prisão de Monsanto um gajo com uma prótese na perna direita. Fui buscar a ficha dele, está aqui, chama-se António de Noronha. Olha para a foto: tal qual os retratos-robô!

(Tal qual é um exagero, enfim, dá-se uns ares, mesmo porque os retratos-robô não são grande coisa. As trombas do Noronha, de resto, são-me vagamente familiares. Onde é que já o vi?)

— E esse Noronha, qual é o cadastro do gajo?

— Apanhou vinte anos por homicídio qualificado. Deveria sair em 1991, mas acabou por matar um gajo lá dentro e viu a pena agravada. Quando fugiu, em 1992, ainda tinha muito tempo a cumprir.

— Um gajo simpático, portanto. OK, passa para cá o *dossier*.

— Era o passas. Quem está a trabalhar nele sou eu, e ainda me falta preencher umas lacunas. Na altura dos crimes nada disto estava informatizado, perdeu-se papelada, enfim, o costume. Quando terminar a investigação deixo-te dar uma vista de olhos à papelada.

(Começou a cantar de galo, o Abreu. A sala encheu-se aos poucos, já não está sozinho na capoeira, sente-se com as costas quentes. Odeio galináceos.)

— Estás parvo ou quê? Primeiro dizes-me que esse Noronha é o psicopata e depois não me deixas ver o processo?

— Tem lá paciência. Eu tenho de acabar de investigar aqui umas coisas. Este caso cheira-me a vingança, uma história antiga qualquer, e vou ser eu a descobri-la.

(A mim só me cheira a naftalina, maldito guarda-fatos. Cheira-me também a merda, da grossa. O Abreu chama-me para ver o *dossier* e depois não mo dá? Qual é a do gajo? Ele vai ficar com o caso *Nike Killer* mais cedo ou mais tarde, mas palpita-me que não é só isso, ele sabe qualquer coisa que eu não sei.)

A Mamã continua a vir da rua a cheirar a menta, não gosto nada. A Dona Lurdes diz que ela é uma rueirona e que não lhe pagam para estar na nossa casa até às tantas, a aturar o anormal. Quando a minha mãe chega a Lurdes deixa de dizer essas coisas, queixa-se de que já não tem transporte, pede dinheiro. A Mamã dá sempre.

Depois eu e a Mamã vamos dormir juntos, na Cama Grande. A Mamã chama-me amorzinho, dá-me muitos beijos. A mim faz-me impressão aquele cheiro da boca, prefiro quando ela se vira de costas.

Nos dias em que faz muito calor, ela tira a camisa de noite e fica só de cuecas. E se não tiver muito sono até brinca às cobrinhas, mas agora é diferente. Apaga a luz, põe o lençol em cima de nós e pergunta "onde está a cobrinha?", e depois passa-me com a mão pela barriga, até a encontrar.

No outro dia brincámos à tarde. Como a Dona Lurdes tinha folga, depois do almoço fomos para a Cama Grande. A Mamã fechou as janelas, para ficarmos no escuro, e deu-me muitos beijinhos. Já não me lembro bem o que aconteceu a seguir. De repente abriram a porta, e o quarto ficou cheio de luz.

A Mamã saiu do quarto a correr, embrulhada num lençol, e disse para eu não sair da cama. Ficou muito tempo lá fora, ouvi berros, acho que era ela aos gritos com a Dona Lurdes, "não tinhas nada de estar aqui", "desaparece", "desaparece".

A criada acabou mesmo por se ir embora, porque mais tarde a Mamã voltou para o quarto. Vinha a chorar. Não brincámos mais nesse dia.

24

FLORBELA MENOS BELA

Tenho de dar uma olhadela ao *dossier* Noronha, quanto antes, é só apanhar o Abreu distraído e passo-lhe a secretária em revista. Que atrasado mental, mania de fazer caixinha, se calhar pensa que resolve o caso sozinho.

Estou atrasado para o *rendez-vous* com a Florbela. É melhor pôr-me na alheta. Bizarro, continuo com a sensação de estar a ser seguido. Se é o sacaninha, esconde-se bem. Vou ver se compro o *Tal & Qual* pelo caminho, talvez com o pára-arranca o gajo se mostre. É cada vez mais difícil encontrar o raio do jornal, as tiragens têm subido em flecha, esgota sempre.

A edição de hoje vai pelo mesmo caminho, não admira, olhem só para a manchete: **ELAS TINHAM AS BOCAS COSTURADAS — Sete Mortas em Lisboa**. E ao lado uma fotografia de corpo inteiro da Dona Laurinda, a porteira inquisitiva. Lá está ela, à entrada do prédio, sorridente, a contar como entrou na cena do crime: "Era sangue por todo lado". Em segundo plano, por trás dela, vê-se o Manel. Continua com as mãos nos bolsos. Será maneta?

Acho mal, anda aqui um gajo a trabalhar dia e noite (noites sobretudo) e depois quem aparece na foto é a Laurinda, a inquisitiva. Olhem para ela, também está no *24 Horas*! Esmerou-se a porteirola, até mudou de vestido-avental, este fica-lhe muito melhor, eleva-lhe as mamas à máxima potência. Não gosto é da manchete, que falta de nível: **AFINAL NÃO SÃO NEGROS**. Claro que não, quando muito seriam pretos, mania de branquear a pílula.

Compro também o *24 Horas*, vou com ele e com o *Tal & Qual* dobrados debaixo do braço, é uma atenção para com o Furtado, ele é sensível a estes mimos.

Passei o caminho todo a olhar para o espelho retrovisor e nada. Só uma mota, vi-a duas vezes, mas os pernetas não andam de mota. Ou será que andam? O Abreu tinha-me dito qualquer coisa a esse respeito, olha, pois foi, o gajo que espancou a minha mãe fugiu de mota. Bom, adiante, que o Furtado está à minha espera.

— Bom dia, futuro ex-chefe. Já comprou os jornais?

— É preciso ter lata. Quer dizer, primeiro vossa excelência deixa a porteira entrar na cena do crime, depois vem falar-me de jornais?

— Bem, eu não podia adivinhar que aquilo era uma cena de crime, certo? E das duas uma: ou ela nos deixava entrar no apartamento ou nós tínhamos de esperar pelo mandato de busca. Mas se preferir, da próxima vez abro a porta a pontapé...

— Tem sempre desculpa para tudo, não é Brandão?

— É tal & qual, 24 horas por dia.

— Como?
— Nada, nada.
— Bem, vamos lá ter com a Dra. Florbela. Nada de disparates, Brandão, que ela anda muito em baixo com esta história toda.
— Imagino, tantas mortas iguais, deve ser um tédio.
— Brandão, às vezes tenho vontade de lhe dar um tiro.
— Não é o único, Furtado — corrobora a recém-chegada Florbela. — Como está, Inspector Furtado?
— Dra. Florbela, passou bem? — derrete-se o visado. — Que bons olhos a vejam...
(O problema da abordagem Furtado é o tom oleoso, o gajo escorre manteiga, tipos como ele dão mau nome à corporação.)
— Então, Doutora — digo eu —, hoje não trazemos estetoscópio? Os mortos já não respiram? Ou respiram baixinho?
— Ria, ria, Brandão. Não vejo a hora de começar a trabalhar com o Abreu.
— Não me diga, deve estar fartinha aqui do Furtado.
— Ahnn, bem não era bem isso que eu queria dizer. Desculpe, Sr. Inspector...
— Ora essa, nada a desculpar. Eu é que lhe peço desculpa aqui pelo Brandão.
(Lança-me um olhar fulminante, a manteiga dos olhinhos piscos rançou de repente. A mim não me incomoda, o meu único problema neste momento são as meias da Dra. Florbela. Vou atrás dela, as costuras parecem estar em ordem. Pronto, chegámos ao gabinete, lá está a minha mesa de vidro favorita — todas as mesas, de resto, deveriam ser transparentes. Em cima do tampo desta, reparo agora, há um caixote. Daqueles que usamos para guardar provas.)

— Façam o favor de se sentar — comanda a Doutora. — O Abreu já vos deve ter inteirado do *dossier* Noronha, certo?
— Pois é — lamento eu. — Lá se vai a teoria do polícia assassino. Afinal sempre é um cadastrado...
— Sim e não. Vamos por partes...
(De acordo. Eu continuo concentrado nas partes baixas da Doutora, mas com tendência a subir no terreno. Os óculos escuros ajudam, são a minha imagem de marca.)
— Para começar, temos as autópsias das vítimas 6 e 7...
(Lá está ela outra vez com essa história dos números. Penso no 36, deve ser a medida da Doutora, copa C, diria. Se não percebem do que estou a falar, encomendem os catálogos da *Triumph*.)
— Verifica-se a selvajaria do costume, mas do tipo profissional. Ou seja, as costuras rigorosas, os cortes na jugular cirúrgicos, etc. A novidade é que uma das vítimas, a que passaremos a atribuir o nº 7, parece ter oferecido resistência, pois tinha duas unhas partidas. Numa delas encontrámos fragmentos de pele, na outra partículas de polipropileno de baixa densidade...
(Poli quê?)
— ...um material sintético muito usado na confecção de próteses — explica a Florbela. — Ora, a vítima nº 7 apresentava uma vermelhidão invulgar na região dos pulsos. Provavelmente tinha as mãos atadas e, enquanto o assassino matava a outra vítima, ela terá forçado a fita de embrulho até se libertar. Feito isso, é de presumir que terá então tentado evitar os pontapés do verme, segurando-lhe a perna.
— Ena! Temos detective!
— Pois é, Brandão, nós aqui no Instituto trabalhamos.

— Está a acusar a Judite de não fazer nenhum? Ó Chefe, imponha-se!
— Cale-se, Brandão! Dra. Florbela, faça favor de prosseguir...
— Bom, como estava a dizer, estes novos indícios reforçam a minha tese inicial de que um dos assassinos é coxo. E agora, que o Abreu descobriu o tal cadastrado, a tese ganha ainda mais consistência.
— OK, mas continua por explicar a teoria do polícia assassino... — interrompo.
— Mas quem é que falou no polícia assassino, Inspector Brandão? — pergunta a Florbela, vingativa. — A questão parece preocupá-lo muito...
— Bem, imagine que o assassino estava neste momento na sala. Podia ser eu, claro. Mas também podia ser aqui o Furtado. Era caso para me preocupar, não?
(A Florbela sempre foi branquinha, tipo leitoso, mas de repente ficou do género leite magro, uma aguadilha sem cor nenhuma. Não percebo porquê, nem sequer estou a brincar com um corta-papel, limito-me a torcer o *Tal & Qual* entre as mãos, Ena!, consegui rasgá-lo ao meio.)
— Brandão! Chega de brincadeiras! Dra. Florbela, faça favor.
— A tese do polícia assassino tem muito que se lhe diga — continua ela, o labiozinho a tremer. — Não acham que há aqui demasiadas coincidências? Os frascos ou têm mensagens dirigidas a elementos da Judiciária, como aquela do Alvega, ou foram encontradas na casa do Brandão...
— Do Brandão, não! Da minha porteira. Vamos lá ser rigorosos!

— ...E depois temos um retrato-robô que é a cara chapada do Alminha, como se alguém o quisesse incriminar...

— Não é bem assim — interrompo. — Na casa das duas últimas vítimas encontrámos um registo em que figurava o nome dele, Abílio Alminha, com as letras todas.

— Só me está a dar razão, Inspector. Nenhum assassino seria tão estúpido a ponto de revelar o próprio nome à prostituta que iria matar. E o facto do verme conhecer os nomes e moradas dos inspectores é no mínimo suspeito.

(Espertinha, a rapariga, devia ter ido para a Judite. E está bem informada, suspeito que o estilo amanteigado do Furtado afinal resulta, cá para mim andam a encontrar-se fora das horas de serviço. Visualizo a Florbela de costas, em posição de cruz, eu a brincar aos costureiros.)

— Ou seja — concluo —, temos portanto um polícia assassino, cadastrado e perneta, é isso?

— Não — irrita-se a Florbela. — O mais provável é existirem duas pessoas envolvidas. O sujeito que tem a prótese e o outro. Estive a trocar impressões com o Furtado a esse respeito...

(Eu não disse? Ou andam a comer-se ou para lá caminham. Visualizo a Florbela de costas, em posição de cruz, o Furtado amordaçado numa cadeira, eu a brincar aos costureiros.)

— ...e chegámos à conclusão de que provavelmente são dois tarados que estão a fazer uma espécie de concurso, a ver quem mata mais, a tentarem incriminar-se um ao outro. As línguas cortadas são uma espécie de código entre os vermes.

(Mau, agora também pertenço à classe dos vermes? Nem sequer sou coxo!)

— Uma teoria brilhante, Dra. Judite, perdão, Dra. Florbela. O problema é que na verdade nenhum dos assassinos conseguiu incriminar o outro, certo?

— Errado! — exulta a Florbela. — Aí é que você se engana! Veja só o que deixaram ontem à noite na porta do Instituto.

Veste teatralmente um par de luvas cirúrgicas e retira da caixa das provas o frasco perdido. A língua que andava a monte pelos vistos já foi encontrada. E ainda bem que estou de óculos escuros, porque aquele frasco é meu velho conhecido. Era ali que guardava os bisturis de reserva, nem tinha dado pela falta dele.

Mesmo com os *Armani*, e à luz mortiça da morgue, consigo ver que está carregadinho de impressões digitais. Suspeito que sejam minhas, pelo sim pelo não vou passar a lavar as mãos mais vezes, nunca vi tanta dedada gordurosa junta. Ou se calhar passo a usar luvas em permanência, agora que reparo também andei a espalhar impressões no tampo de vidro da secretária. Ops, deixem-me cá limpar isto com o cotovelo do casaco, discretamente, que a Florbela anda muito assanhada.

— E sabe que mais, Inspector Brandão? — continua ela, implacável. — O frasco tinha uma mensagem, quer ver? Não é para si, fique descansado. Ou se calhar até é, nunca se sabe não é verdade? Tenha lá calma, eu já leio, esta é diferente, não tem nada a ver com as anteriores. Cá está: "Pela boca morre o peixe".

(Pois para mim não é novidade, antes pelo contrário, *non nova, sed nove*, é a história da minha vida.)

25

HASTA LA VISTA, BABY

Prova-se portanto que o sacaninha ou é burro, ou maníaco. No lugar dele teria colocado qualquer coisa mais evidente, tipo, "Impressões digitais do Brandão. Fresquinhas", e ficava o caso resolvido. Mas não, o perneta preferiu a mensagem já velha e gasta. E ao mesmo tempo quer denunciar-me, não percebo. Como era aquela treta que escreveu no pacote da Dona Aida? "Para a porteira, com os cumprimentos do Inspector Brandão"? Não faz sentido. Aqui há gato. E começo a achar que o rato sou eu.

Claro, pode ser que ele esteja mesmo a querer dizer-me qualquer coisa. Mas o quê? Será que alguém denunciou o sacaninha e ele agora quer vingar-se? Não fui eu que o mandei para a choça, de certeza. Em 1971 praticamente andava de fraldas. A resposta só pode estar no *dossier* Noronha, tenho de lê-lo urgentemente.

A Florbela é outro mistério, anda armada em detective, toda empenhada em descobrir o assassino. Uma ingrata. E pensar que eu até lhe comprei uma prendinha! Olha, pois é, esqueci-me de lhe entregar o livro, deixei-o no porta-bagagem. Aqui está ele, vamos lá voltar ao Instituto, a Doutora deve estar ansiosa por me rever.

— Olá, Florbela — cantarolo. — Vim visitá-la outra vez.

(Ela recua um passo. Agora deu-lhe para isto, vê-me e fica assim, sem pinga de sangue. Deve ser da emoção coitada, este meu charme arrasa. E hoje nem vim de *t-shirt*, optei pela camisa vermelha com bolinhas brancas, um *must*.)

— E o Furtado? Onde está o Furtado? — esganiça-se a Florbela.

— Sei lá do Furtado! A esta hora deve estar a caminho da Gomes Freire. Estamos condenados a um belo *tête-à-tête*. Eu cá não me importo, adoro estar consigo a *solo*, até oiço violinos.

— O que o traz de volta? Esqueceu-se de alguma coisa?

— Só da minha tusa. Não a deixei ficar por aqui algures?

— Perdão!?

— Está perdoada. Só lhe vim trazer uma lembrancinha. Como a Doutora agora anda a brincar aos detectives achei que este livro lhe podia dar uma ajudinha. *Destined for Murder: Profiles of Six Serial Killers with Astrological Commentary.*

— Obrigado, mas não posso aceitar prendas de elementos da Judiciária.

— Não me diga, essa é nova!

— É uma questão de princípio, não misturo trabalho com prazer.

— Quem é que falou em prazer? Ó Doutora Florbela, não me faça corar!

— Inspector Brandão, estamos conversados! Se era só isso que me queria, pode retirar-se.
— Ora essa, estou aqui tão bem. Adoro este ambiente calminho do Instituto, só nós dois à conversa. Por falar nisso, o que é feito do resto do pessoal? São sempre assim tão silenciosos? Ou só quando estão nas gavetas?
(Não se ri, a Florbela. Engavetada devia estar ela, ou se calhar já está e ainda não sabe. Tanto gelo começa a enervar-me, deve ser um jogo de sedução, do tipo dá para trás. Comigo não funciona):
— OK, já vi mortos mais comunicativos. Vou ali à morgue num instantinho, ver se algum dos seus clientes quer tomar um cafezinho comigo. *Au revoir*.
— Brandão?
(Estão a ver? Estão a ver? Com as gajas só a pontapé. Já comprovei a tese com as louras.)
— Diga.
— Esse livro de que me falou... É de capa dura?
— De capa dura?
— Sim, quer dizer, daqueles importados?
— Claro, que eu saiba ainda não publicamos livros em inglês feitos em Portugal.
— Tem razão, que disparate — engasga-se a Florbela.
— E foi o Brandão que o embrulhou?
(Que raio de pergunta. Então não se vê logo? Um embrulho todo artístico, feito com as manchetes do *24 Horas* e do *Tal & Qual*, uma grande língua recortada no meio, até parece um disco dos Rolling Stones):
— Evidente, querida, quem mais poderia ter sido? A minha mãezinha?

— Não ligue, Brandão, não sei onde tenho a cabeça.
— Não seja por isso, ó Florbela. Eu cá sei sempre onde tenho a minha.
(Ou me engano muito, ou ela está a sorrir. Um sorriso esbranquiçado, tenho de admitir, mas cá para mim a rapariga anda anémica. É sempre a mesma história, os médicos só tratam da saúde dos outros.)
— Bom, Inspector Brandão, então dê-me cá o livro. Obrigada, foi muito gentil. E agora, se não se importa, tenho muitos assuntos pendentes.
— Não tenha pressa que os seus clientes não fogem. Nisso tem sorte, os meus andam sempre a monte.
(Novo sorriso. Mais um pouco e convido a Branca de Neve para jantar. Mas hoje não, cheira-me que esta noite vou às louras.)
— Então adeus, Inspector. Boa sorte.
— Boa sorte?
— Nas investigações, quero eu dizer.
— Ah, OK. *Hasta la vista, baby.*
(Esta aprendi com o Schwarzenegger, no fim do *Exterminador Implacável II*, quando ele entra na piscina de ácido. Lindo filme, até chorei baixinho.)

A Mamã nunca mais brincou comigo às cobrinhas, pelo menos de tarde. E mesmo à noite, já quase não me deixa dormir na Cama Grande. Fica acordada muitas horas, sen-

tada à frente da televisão, mesmo quando a televisão só está a dar risquinhos. E na mesinha onde a Lurdes põe os pés, há sempre uma garrafa daquela coisa que cheira a mentol, acho que se chama anis.

Encontrei uns gatinhos há dias. Estavam a morar debaixo de umas madeiras e portas velhas que temos na arrecadação das traseiras. Havia uma gata mãe e vários gatinhos pequenos. Um dia tentei brincar com um dos filhotes mas a mãe deu-me uma unhada na mão, até me fez sangue.

A Mamã mais tarde pôs-me água oxigenada. Explicou-me que as mães protegem as crias, era melhor eu não lhes tocar. Uns dias depois, quando uma garrafa de leite azedou, a Mamã encheu um pires e foi levar aos gatos. Disse-me que se eu quisesse também lhes podia dar comida, para eles ficarem meus amigos. Gostam muito de leite, os gatos, mas também de peixe.

Fui à casa deles, há dias. Comi pouco ao almoço, sobrou um peixe quase inteiro. Fui levá-lo para a porta dos gatos. Encontrei um caixote velho, cheio das garrafas da Mamã. Tirei de lá as garrafas e coloquei-o de pernas para o ar em cima do pires com o peixe. Depois levantei-o num dos lados com um pau, prendi-lhe um fio comprido, e fui para longe da arrecadação com o fio na mão.

Ainda esperei muito tempo, mas quando a gata entrou no caixote puxei o fio, o pau caiu, o caixote fechou-se. A Mamã gata ficou presa lá dentro, o pau caiu do lado de fora. O pau tinha uma ponta afiada, espetei a Mamã gata com ele. Ela tinha uma barriga muito fofinha, boa para espetar paus.

26

TORTO PELA MANHÃ

Isto hoje tem sido um dia produtivo. É só reuniões, o caso avança, vamos todos para bingo. E agora toca a voltar à base, que eu quero ver melhor a secretária do Abreu. A esta hora já ele deve andar na rua, a investigar, adoro gente trabalhadora.

Cheira-me que o caso se vai complicar ainda mais, dava-me jeito apanhar o sacaninha antes que ele faça mais disparates. Tenho aqui uma dor nos ombros, não sei se topam, e acho que não passa nem com a musculação.

A lata do perneta, entregar as minhas impressões digitais assim, de bandeja, e logo à Florbela! Ainda mais agora, que a gaja anda toda assanhada (é o amor, é o amor). O que a Branca de Neve não sabe é se as impressões no frasco são minhas ou não, em Portugal só os cadastrados têm direito a domínio informático. Claro que poderiam obrigar a bófia toda a meter o dedo no tinteiro, não creio, havia logo um motim na Gomes Freire, tipo, "enfiem-mas-é-o-dedo-no-cu".

Ou me engano muito, ou neste momento a Florbela já deve ter ido a correr ao laboratório, com o livro debaixo do braço, à procura de impressões. Não tem sorte nenhuma, coitada. Limpei o livrinho todo muito bem limpinho, só não saíram as outras manchas, o que é que querem, aquelas leituras excitam-me.

Porra! Bateram-me no carro! Ah, não, afinal não, é só o espelho que está virado, deve ter sido um arrumador, vamos lá consertá-lo. Olha! Será que vi bem? Pareceu-me ter vislumbrado um coxo a dobrar a esquina. E ia com pressa, parecia uma marioneta com *Parkinson*. Ou então acabei de ver um *break-dancer*, nesta zona não é costume.

Espera aí que já te apanho, animal.

Primeiro vamos tirar o carro daqui, devagarinho, para ver a reacção do gajo. Nada de olhar para trás, não queremos espantar o pardal, toma lá milho, querido. Meter a primeira, arranque suave para lhe dar tempo de se recompor, sim, não há dúvida, é mesmo um coxo. Só tenho pena de não lhe ter visto as trombas, agora é tarde, o sacaninha meteu um capacete.

Um coxo de mota, sim senhor, tudo é possível. Assim de longe aquilo parece-me uma *Yamaha* 350, é muita potência, ainda por cima dentro da cidade, nunca conseguiria apanhá-lo. Vou para uma auto-estrada? Visualizo um toquezinho, a 140 quilómetros por hora, eu vestido de ambulância.

Ná, seria demasiado fácil. A mim apetece-me ter uma conversinha com o perneta, uma ceninha privada, à luz de velas (adoro o cheiro a carne queimada). Ou então uma festarola de inspiração chinesa. Lá imaginação têm eles, os chinocas, como é que era aquela história dos ratos? Punha-se dois ou três dentro de um saco de *nylon*, e o saco à volta da cabeça... Ou seria dos pés? Já não me lembro, tenho um livro lá em casa que explica tudo, hoje à noite tenho de ver se o encontro. Até podia praticar com as louras.

Ena, lá está o drogadinho do Campo Mártires da Pátria, já há dias tentei apanhá-lo, vamos lá ver se é desta. Meter terceira, prego a fundo, foda-se, escapou-me! O caralho dos arrumadores, nunca percebi como é que se mexem tão depressa, há quase um mês que não apanho nenhum, e já dei cabo de três espelhos retrovisores.

O espelho, porra, onde está o perneta? Um sinal amarelo, vamos parar para ver se o outro me apanha. Não, nada. Onde é que se terá metido? Continuemos, talvez ele apareça. Um cheirinho no acelerador, vamos apanhar aquele sinal ainda verde... Não, já estava vermelho, azar. E agora aquele outro... Este então estava mesmo muito vermelho. Funcionou, lá vem uma *Yamaha* 350, a abrir. Agora é mais do que certo, tenho companhia, duas rodas, perna e meia.

OK, vamos estacionar na Gomes Freire, a ver se o anormal dá a cara. Vou para o terraço, tem uma vista excepcional, dali abarco o quarteirão todo. E com uma vantagem, aprendi num curso de formação, as pessoas nunca olham para cima quando estão em perseguição.

Pronto, cá estamos nós. Ena, tanta pomba assassinada, será que os gajos nunca limpam isto? Uma vergonha, é o que é. Ora vejamos, deste lado não está, no Conde Redondo também não... Pronto, já apanhei o sacaninha, está junto à loja das fotos instantâneas. É pena não ter binóculos, mas também não adiantava grande coisa, o perneta continua de capacete.

Então vejamos, passo a seguir. Preciso do *24 Horas*, e de uma cabina telefónica, impõe-se marcar um convívio. Vamos estender uma pequena armadilha ao perneta. Falta-lhe meia perna e num espaço fechado não pode usar as duas rodas. Mas eu posso, vrum, vrum, tenho rodas completas.

Sinto é falta dos sapatos pele de cobra, tinham sola de borracha, alta aderência mesmo em pisos molhados (o sangue escorrega, garanto-vos). Podia ir buscá-los à arrecadação das provas. Estava a apetecer-me uma cena com estilo, um *gran finale* avec *snake*.

Se calhar é melhor não, aquela arrecadação está sempre cheia de gente. Vamos é descer as escadas e voltar à base, ver como param as modas.

— Alminha amigo, *quid novis*?

— *Novis, Boss*? Eu sou *Oni*, já devia saber.

— E ando eu aqui a gastar o meu latim contigo, Alminha, *margaritas ante porcos*, é o que eu te digo. O que há de novo?

— Então, *Boss*? Agora está a chamar-me de porco?

— Não, querido, de margarida. Bem! Isto hoje está cheio de gente.

— Até parece, *Boss*! A esta hora é costume, ainda nem é meio-dia. A rapaziada só costuma ir almoçar por volta da uma. Então, como é que correram as reuniões?

— O caso está complicadote, Alminha. Acho que apanharam mesmo as impressões de um gajo, e o Abreu está convencido de que são de um tal António de Noronha. Levou vinte anos, cumpriu tempo extra, mas acabou por fugir em 1992.

(Na verdade as impressões são minhas, mas não vamos incomodar o Alminha com detalhes, pois não?)

— Fugiu em 92 e só agora é que começou a matar as gajas? A mim não me cheira, *Boss*, aí há gato.

— Pois é, Alminha amigo, resta saber quem é o gato. Ou o rato.

— Desculpe, não estou a perceber.

— Isso é porque és um estagiário, Alminha querido. Há coisas que só se aprendem com a idade.

(Estou ternurento com o Alminha, já devem ter reparado. Se eu fosse ceguinho, gostaria de ter um cão. Como não sou, tenho um Alminha.)

— Bom, *Boss*, e agora?

(Por outro lado, se calhar ando a exagerar nas festinhas, estes animais afeiçoam-se logo. Não tarda muito começa a seguir-me por todo lado, não me estava nada a apetecer. Ou pode dar-lhe para pior, e morder a mão que o alimenta, também já aconteceu, *cave canem*, cuidado com o cão, é o que eu sempre digo. E em dias como hoje, em que ando com a auto-estima em baixo, fico desconfiado. Toma lá, cão):

— OK, plano de combate: vê-me aí no computador se descobres alguma coisa sobre o António de Noronha. Preso em 1971, saiu em 1992, cumpriu pena em Monsanto. Podes começar por telefonar para a prisão e perguntar se podemos ir lá ver o processo, de preferência hoje.

(E enquanto isso eu vou tentar chegar ao processo da forma mais rápida, já estamos na hora do almoço, isto começa a ficar mais vazio.)

— *Boss*! Já telefonei!

(Irra! Está cada vez mais eficiente o Alminha. Qualquer dia ensino-o a saltar à corda.)
— E então, o que é que eles disseram?
— Acho que já não têm o processo. Habitualmente não deixam sair o *dossier* da prisão, mas parece que foi lá o Abreu, com um papel assinado pelo director e eles deram-lhe logo. E agora, *Boss*? Vejo no computador?
— Sim, sim. Busca, busca!
(Ora cá estamos nós a *solo* outra vez, sem violinos. Investiguemos a secretária do Abreu. Claro, o cabrão tinha de fechar esta porra à chave. Onde é que eu tenho as gazuas? Vamos lá ver, deve ser uma nº 7, quando muito uma nº 8. Não, é mesmo a sete, o meu número da sorte, adoro o *click* das gavetas a abrir. Bem, que bordel, o gajo não sabe arrumar a papelada? É discos por todo lado, olha, a banda sonora do *Titanic*, que nojo, Celine Dion, como é possível? Ó meu amigo, não é assim que se apanham estripadores da sopinha, tens de te organizar. Então vejamos, deve ser uma daquelas pastas esverdeadas, processo Noronha aqui estás tu.)
— Então, *Boss*? O que está aí a fazer?
— Alminha! Que susto me pregaste! Vim só buscar aqui o processo. Telefonei ao Abreu e ele disse-me para eu estar à vontade.
— E como é que abriu a secretária?
(Se calhar até já sabe saltar à corda, o Alminha. Mais uma vez dou razão à professora de ioga, também se confirma, os animais pensam.)
— Ele guarda a chave sempre atrás do computador — confidencio. — Mas agora vê lá se não te desbocas com a rapaziada.

— Nunca, *Boss*, por quem me toma!
— Queres que te seja sincero?
— Perdão?
— Esquece, Alminha. Então, como é? Encontraste a ficha do Noronha no computador?
— Encontrei, *Boss*. Mas é muito incompleta.
— Não faz mal. Vai lá estudar bem essa treta, revê o caso todo mentalmente, e vê se descobres alguma coisa. Enquanto isso, eu vou ali e já volto.
— Podíamos ir almoçar juntos, ao Manjar Redondo...
— Podes tu, animal, que eu tenho muito que fazer, percebes?

(Tenho de ler o *dossier*, basicamente. De preferência em casa, tenho de pensar, faz-me falta o espelho do quarto de banho.)

Agora a Lurdes fica a ver TV mesmo quando a Mamã está em casa. E se recebe ordens refila, não faz nada, as duas põem-se aos berros. Eu tapo as orelhas, vou a correr para o meu quarto, fico lá escondido. Debaixo da cama há muito pó, antes não havia tanto.

Não posso brincar na casa do lado, é proibido. Disse-me a mãe da Anita e do Paulo, da última vez que lá fui. Ela chegou do trabalho maldisposta, quando me viu mandou-me logo embora, "nunca mais ponhas cá os pés", "desaparece". Tinha a cara muito vermelha, agarrou a Anita, e com ela ao colo começou a gritar com a criada, *"já te tinha dito"*, *"já te tinha dito"*. Contei tudo à Lurdes mas ela disse que era bem feita, eu sou um anormal e a minha mãe também, se não fosse o dinheiro já se tinha ido embora.

Desde esse dia o Paulo não me fala, nem na escola. Diz que sou doente da cabeça e quando me aproximo dá-me empurrões. Os outros agora riem-se muito de mim, chamam-me *"menino da Mamã"*. No intervalo dão-me calduços na cabeça.

Há dias bateram-me tanto no recreio que fiquei a deitar sangue de um olho. A Angelina, que é uma contínua preta, levou-me lá para dentro para me fazer um curativo. Depois deixou-me sozinho num quartinho, durante muito tempo, até a Directora vir falar comigo.

A Dona Rosa perguntou-me por que é que me tinham batido, mas eu fiquei calado. Ela falou muito comigo, fez-me muitas perguntas sobre a Mamã, se ela me fazia mal, mas eu continuei calado, não lhe disse nada das cobrinhas. No fim irritou-se e deu-me com uma vara nas pernas, com muita força, chamou-me mentiroso e anormal.

27

UMA TARDE TODA A PENSAR

Uma casa devia ser como o útero materno, um sítio basicamente sossegado. O problema é quando a dona do útero está por perto, ronhonhó, ronhonhó, nem me deixa pensar. O que foi que a enfermeira Clotilde disse? Que a velha estava a apontar para... Para onde?
 Tenho um palpite de que me está a escapar aqui qualquer coisa. Podia telefonar à Clotilde, a matraca assassina, talvez ela se lembre. É melhor não, tinha de aturá-la horas. Vamos antes investigar o quarto, a Mamã também não podia ter apontado para muitos lados, quatro no máximo, o quarto é quadrado.
 Vejamos, deste lado é a janela, ela nunca iria apontar para a janela. Ou iria? Hum. A cómoda? Só lá estão as fraldas, os soros, aquelas tretas todas da Clotilde. O guarda-fatos? Bom, lá dentro há um montão de lixo, já nem me lembro, cobertores e assim. Tenho até medo de abrir a porta, acho que

fiquei traumatizado. Aposto que cheira a naftalina, é um cheiro que me persegue.

Deixem cá ver... Ena, almofadas de sumaúma, nem me lembrava que isto existia. (Será que alguém a tentou sufocar?) Vejamos, cobertores não, vestidos velhos não, sapatos não... Olha, nunca cheguei a usar aquele par que tirei daqui, se calhar é hoje, no *gran finale*. E isto? As fotografias da famelga, são só três ou quatro já as conheço de ginjeira... A caixa da bijutaria, a malinha de reserva do Papá, algumas roupas dele, um aspirador velho marca *Electra*, um saco com rolos para o cabelo...

Ná, impossível, aqui nunca vou encontrar uma pista. É melhor ir estudar o *dossier*, antes que o Abreu dê pela falta dele, sé é que já não deu. Analisemos então. *António de Noronha*, nascido em 1943, crime de homicídio voluntário na pessoa de *Maria de Lurdes Mourão*.

Mas há mais. Agressão e assalto na pessoa de *Maria Helena Reboredo de Noronha*, esposa do réu e principal testemunha de acusação; agressão e assalto na pessoa de *João Paulo Reboredo de Noronha*, menor de idade, filho da testemunha principal e co-testemunha a requerimento dos advogados.

Rebeubéu, o arguido declarou-se inocente, rebeubéu, alegou legítima defesa... Ena! Tinha uma fractura exposta, fémur esmigalhado, impossível reconstituir os tecidos, amputação nas horas subsequentes...

O que é que esta porra tem a ver comigo? Não fui eu que lhe parti a perna certo? E por falar nisso, quem terá sido? Adiante, já não me lembro da última vez que trabalhei tanto num caso... Foda-se, o telefone.

— *Boss?*
— Porra! Uma pessoa já não pode almoçar descansada?
— Eia, *Boss*, escusa de berrar comigo! O Abreu chegou, está possesso, diz que lhe tiraram o *dossier* do Noronha da secretária. Mas afinal ele não lhe tinha dito que o podia ler?
— Claro que disse, Alminha, não percebes nada disto. Não vês que ele está a fazer teatro? A gente suspeita de um gajo aí de dentro, e essa cena do Abreu é só para lançar a confusão.
— Não me parece. Ele anda a perguntar por si a toda a gente. Não tarda muito está a ligar para aí.
— Então que ligue, e eu ralado.
— Bem, *Boss*, é que a coisa não é assim tão simples…
— Nada é simples, querido. Do que é que estás a falar?
— Acabou de sair daqui o Director, esteve mais de meia hora a reunir com o Coordenador Superior Duarte e com o Abreu. Deixou uma ordem de serviço assinada, acho que o *Boss* está fora da carroça. O *Boss* e o Furtado. Agora é o Abreu que manda, e eu vou ter de trabalhar com ele. O que é que lhe digo do processo?
— Tu tem calma, Alminha. Vou já para aí resolver a situação.
(Resolver como? Isso é que eu gostava de saber. *Pena puedo claudo*, é coxos por todo lado.)

A Mamã foi chamada à escola, veio de lá chateada, começou a bater-me com as mãos, fiquei com a cara toda verme-

lha. Enquanto me batia gritava, "vais ser a minha perdição", "vais ser a minha perdição". Não sei o que é perdição, não percebi a raiva dela. Mas não chorei, nem uma lágrima.

À noite a Mamã veio ter comigo ao quarto, fez-me festinhas no cabelo, deu-me muitos beijinhos. Depois despiu a camisa de dormir e deitou-se na minha cama, que é mais pequena do que a Cama Grande. O corpo da Mamã estava quente, a boca dela cheirava a azedo. Quando se encostou até tive nojo, empurrei-a, não queria que ela me tocasse.

Mas a Mamã não parava de me fazer festinhas, a pele dela estava pegajosa, encostada à minha, fiquei com vontade de brincar às cobrinhas. Brincámos ainda um bocado, mas depois ela adormeceu. Fazia muito barulho a dormir, devia ter o nariz tapado.

Nessa noite eu fui para a Cama Grande, fiquei lá sozinho, mas não chorei.

28

HIGH NOON *E JÁ É QUASE NOITE*

Não sei o que tenho, ando nervoso. São muitas solicitações ao mesmo tempo, acho que chamam a isto *stress*. A mim bate-me mal, o *stress*. Parece que tenho piquinhos pelo corpo todo, uma coisa a querer saltar. Topam aqueles músculos todos que há nas costas? Estão a cantar em uníssono, é uma cena operática.

Tenho de regressar à base, uma chatice, nem tive tempo de ler o *dossier*, odeio papelada. Vou eu e o meu coxinho de estimação, agora somos dois em permanência. Está à minha espera, à saída do prédio. À saída é como quem diz, quase a um quilómetro de distância, escondido no capacete cobarde, as duas rodas sempre no chão. Acho que estamos a comunicar, eu e ele. Mas ainda não percebi o que o gajo me quer dizer.

OK, vamos juntinhos. Mas depois deixo-te à porta da Gomes Freire, querido, tenho de resolver o problema Abreu, não me dava jeito entrar com um perneta, ficava logo mal visto. Hoje vai ser um dia animado na Gomes Freire, os rapazes vão ter muito que contar às esposas. Ou talvez não.

Entremos com estilo:

— Então, Abreu? Ouvi dizer que andavas à minha procura...

(Reparem no vocabulário, meninos. Estamos a usar o código *western*. Eu já estou posicionado no terreno, e tenho a mão no coldre. Metaforicamente falando, claro):

— Perdeste um *dossier*, foi? — pergunto alto.

(No terreno já eu estava. Como é evidente, tinha de disparar primeiro.)

— Tu estás maluco, Brandão? Agora arrombas as secretárias dos colegas? Gamas processos do pessoal? Queres gamar também os meus discos? Toma, estão aqui, quantos queres? Leva, estás à vontade!

(Tenho as orelhas vermelhas, lá está, é do *stress*. Mesmo porque o clima está a adquirir contornos de linchamento, sei do que falo, já vi esta cena num filme a preto e branco. Os gajos estão todos à volta das suas respectivas secretárias, a fingir que não é nada com eles. Mas no fundo estão a contar as espingardas. Falemos portanto para as massas):

— Devias ir para político, Abreu. Agora vens-me com essa conversa mole dos colegas? Quer dizer, o Alminha e eu andamos aqui a trabalhar que nem uns doidos no caso das putas, e tu escondes-nos o processo Noronha!?

(Notem o uso dos plurais, "o Alminha e eu" convoca um movimento solidário. Observem a escolha criteriosa do vocabulário, gritem "puta" numa sala cheia de homens e a solidariedade está garantida.)

— Escondo o processo!? Tu estás passado dos carretos. Eu só te disse que o processo tinha umas lacunas e que precisava de investigar! Não podias esperar um dia ou dois?

— Estou a ver, Abreu. É tipo Estripador da Sopinha, também tinha lacunas se bem me lembro, era buracos por todo o lado. Comigo a história é outra, deram-me o caso e eu vou resolvê-lo. Eu vou apanhar o sacana dê por onde der. E não é um mau colega como tu, a fazer caixinha com os *dossiers*, quem me vai impedir!

— Tu vais é apanhar um processo disciplinar. E quem te vai meter o processo em cima sou eu. Estás fora, percebes? Agora quem investiga o caso sou eu. E se tens dúvidas vai falar com o Coordenador Superior. Aliás, acho que ele está à tua espera.

(Um erro crasso do animal, o poder dos chefes nunca se invoca em situações de duelo, cai mal, não é de macho.)

— Logo vi, não me digas mais nada, está tudo explicado. O meu amigo tem as costas quentinhas, não é verdade? Basta lamber o cu à chefia e lá está a chefia a aquecer-nos as costinhas, não é verdade? E então, o Coordenador? É Superior em tudo? Ou só nas partes fundamentais?

(Se calhar abusei. O Abreu vem lá do fundo da sala, disparado, em saltinhos de peso pluma, os bracitos a ameaçar porrada. Eu cá conheço as regras, colegas não batem em colegas. A não ser em legítima defesa, claro. Vamos lá armar o soco, e fazer pontaria ao queixo... Foda-se, falhei!)

— Eia, *Boss*! Até ouvi os ossos a estalar!

(Falhei o queixo, bem entendido, mas acertei no nariz. Não gosto de socos no nariz, os ossos da cana dão-me cabo dos dedos, são muito cortantes. Mas sempre curti a cartilagem, toda mole, tipo *airbag* antes do choque final.)

— Alminha querido, apresento-te o teu novo chefe. Está um bocado em baixo, reconheço, mas não tarda muito recupera. Vai buscar gelo ao refeitório, para lhe pôr no nariz. E de caminho traz-me um *whisky*, que eu entretanto vou falar com a madre superiora, já tenho a garganta seca.

(O Coordenador Superior Duarte, também conhecido por Almôndegas, é meu admirador. Mora no andar de cima, vive lá barricado. Mas mal chego ao gabinete topo-lhe na cara que já recebeu um telefonema do andar de baixo. Ou um *e-mail*, a esta hora já deve correr nos computadores um resumo alargado do *match*. Um *round*, milhões de *bytes*.)

— Muito bem, Brandão! Sim senhor — rosna o Almôndegas, a dar-me as boas-vindas. — Não lhe bastou arrombar a secretária do Abreu, não é mesmo? Tinha de lhe bater por cima!

— Por cima não, por baixo. Foi um *uppercut*. O gajo é que baixou a cara quando não devia. De qualquer modo foi em legítima defesa, tenho testemunhas.

— Brandão, cá para mim você precisa é de ajuda psiquiátrica. É impressão minha ou você ainda não percebeu que está metido numa alhada?

— O gajo não tinha nada que me sonegar informações. Da próxima vai pensar duas vezes.

— E você não tinha nada que lhe ir revistar a secretária. Primeiro falava comigo, percebe? É para isso que existem as chefias. Agora não me dá outra hipótese, tenho de o suspender.

— Suspender-me!?

— Sim senhor, está suspenso! A partir de agora, deste momento. Não é só essa história do Abreu. O Furtado também me andou a fazer queixas de si, a Dra. Florbela telefonou ao coordenador da sua brigada a mandar vir, está tudo em pé de guerra. Vá mas é para sua casinha até as coisas acalmarem. E acredite que lhe estou a fazer um favor, isto ainda vai dar um processo, é melhor pôr-se a pau.

— Quem se tem de pôr a pau é o chefe, não sou eu. Aposto consigo o que quiser que aquele anormal do Abreu não descobre népia, e depois quem vai pagar as favas é a PJ.

— Talvez, mas duvido muito. O Abreu disse-me que tinha o caso quase resolvido, que sabia muito bem quem era o assassino, só lhe faltavam as provas.

— OK, é a tese do Noronha, portanto. E apanhá-lo, como é? Não fazem a mínima ideia do paradeiro do gajo, pois não?

(Eu faço, nisso levo vantagem — o sacaninha é, por assim dizer, a minha sombra.)

— Bom, se é o tal do Noronha ou não, é coisa que não sei — responde o Almôndegas. — O Abreu diz que tem um palpite, mas não quis falar do assunto, estava à espera de uma resposta qualquer da Dra. Florbela, uma treta qualquer, não percebi.

— É o costume, portanto. Já vi que tenho de resolver isto sozinho.

— Sozinho coisa nenhuma, Brandão. Você não toca mais no caso. Aliás, não quero aqui disparates. Dê-me a sua pistola.

(Pistolas são para maricas, meu caro amigo. Eu cá só uso revólveres. *Smith & Wesson*, calibre 38, punho em madrepérola, corpo na mais pura liga inglesa. Podes ficar com este à vontade, tenho mais meia dúzia em casa. Sou adepto do Arsenal.)

O Papá agora bate na Mamã sempre que vem a casa. Não lhe bate logo, janta primeiro. Eu vou para a cama mal ele chega, mas sei que não adianta, é todas as noites igual. Eles ficam a conversar lá embaixo até que começam a falar alto, cada vez mais alto, eu tapo as orelhas mas oiço tudo.

Muitas vezes discutem por causa da Lurdes, o Papá quer despedi-la, mas a Mamã não. Outras vezes é por causa da comida, ou do jornal, qualquer coisa. O Papá irrita-se e depois pega no cinto. Sei disso, porque muitas vezes ele sobe as escadas. Eu já estou enfiado nos cobertores, ele acende a luz e começa a berrar, "agora és tu, choninhas", "agora és tu", e eu vejo o cinto a voar.

Vejo tudo devagar, o Papá nunca tem pressa. Levanta e baixa o cinto, levanta e baixa. Quando a fivela está na ponta eu ponho as mãos à frente da cara. A fivela magoa muito, mas prefiro levar com ela nas mãos.

29

CUIDADO COM O CÃO (CAVE CANEN)

Oiço passarinhos na cabeça, trinados, está tudo em cantoria. Eu e o coxinho continuamos inseparáveis, ele adesivou-se de vez, agora já nem se preocupa em não ser visto (*avec* capacete). Se tivesse aqui o revólver dava-lhe um tiro na perna boa, ficavam as duas do mesmo tamanho, escusava de sonhar com marionetas.
E por que não? Vamos caminhar calmamente em direcção ao gajo, a ver o que acontece. Ena, com a pressa quase deixou cair a mota, mas não, recuperou o equilíbrio. Havia de ser lindo, eu a ajudar um perneta caído no chão. Boas acções só quando vou para os lados do Marquês, às cinco, seis da tarde há lá muitos ceguinhos, costumo ajudá-los a atravessar a rua. "Sim, sim, claro que está verde, força! Qual autocarro, qual carapuça, afinal quem é cego aqui?"
Bom, pelos vistos o sacaninha não quer companhia, foi-se embora a correr, nem sequer se despediu. Tanto melhor, vamos lá fazer um telefonema. Gosto de telefonar na cabina

mesmo em frente à base, dá-me muito mais tusa. Deixem-me ver, tinha sublinhado uma série de anúncios do *24 Horas*, comecemos por este: "**MASSAGISTA, senhora, 44 anos, sensual, loira particular, sozinha**". Perfeito, até na idade. Regra geral, acima dos 40, basta acrescentar dez anos.

— Alô? Estou a telefonar por causa de um anúncio no *24 Horas*.

— Sim senhor. Trabalho aqui na Rua António Pedro, mesmo em frente à *Telepizza*. Das 10 às 22. É só fazer uma marcaçãozinha, a minha lembrança são dez mil escudos. E digo-lhe que faço uma massagenzinha mesmo jeitosa.

(Estão a ver? Isto sim, são profissionais. Só ainda não me deu a morada exacta, mas também é tradição.)

— E o endereço? — pergunto.

— Quando estiver frente à *Telepizza* telefone-me outra vez, e eu logo lhe digo.

(Estão a ver? Nunca falha.)

— E diga-me uma coisa, trabalha mesmo sozinha?

— Sim, sim, sempre. Mas se quiser arranjo-lhe uma amiga, uma senhora de cor...

— Deixe estar, sou daltónico mas não tanto. Então fica marcado, às nove e trinta apareço.

— E o seu nome, se não se importa?

— António de Noronha, um seu criado. E o seu?

— Joana.

— Joana!?

— Sim, sim. Como na canção, "come a papa, Joana come a papa..."

Ena, esta até tem *jingle* publicitário. Já estou em polvorosa, vamos para casa preparar o material. Anda daí perneta,

não me abandones agora. Daqui a pouco é de noite, os gatos são pardos, os ratos nem por isso. Gosto de ver as ruas assim, os efeitos de Natal já estão ligados, oiço sinos na cabeça, *jingle balls, jingle balls.*
— Boa tarde, Sr. Inspector, até que enfim o apanho!
(É a porteira operática, lá está ela com a esfregona, de volta às lides. Tem o cabelo apanhado, mas não com um lenço: é uma ligadura.)
— Dona Aida, que prazer tão grande em vê-la. Então, já está melhor da cabeça? Ou isso não tem remédio?
(E o elevador, nunca mais chega? Se calhar vou pelas escadas.)
— Estou melhorzinha, Sr. Inspector, obrigada. Há que tempos não o via, desde antes do assalto. Ai Jesus, quando me lembra nem acredito, a sorte que tive. Já viu? Podiam ter-me matado que ninguém dava por nada. E então já o apanharam?
— Está quase, está quase.
— Pois, diz que sim. Mas olhe lá, Sr. Inspector, deu nas notícias que o Senhor já não estava com o caso, derivado da falta de resultados. Sempre é verdade?
— Não me diga que acreditou nessa história?
— Bem, eles até falavam lá de um outro Inspector, um tal de Abreu. E se eles dizem a gente acredita, não é? Mesmo porque acho que foi com esse tal de Abreu que eu falei ontem...
— Desculpe, não percebi. Esteve a falar com o Abreu?
— Pois é, veja lá. Diz o meu marido que desde o assalto ele tem telefonado para nossa casa, todos os dias, para saber do meu estado, se já me lembrava melhor das coisas. E ontem finalmente veio cá a casa.

(Irra, que intrometido! Há quanto tempo estará o gajo a trabalhar no caso?)
— E então, foi bom?
— Desculpe, Sr. Inspector?
— Chegaram a alguma conclusão?
— Eu contei a esse tal de Abreu que o pacote com a língua tinha um recado para o Sr. Inspector, e o seu colega ficou muito admirado. Depois até me pediu licença e andou aí pela casa, à procura do papel com o recado, mas eu não me lembra de o ter visto quando acordei. Até já perguntei ao meu marido se não o deitou para o lixo, que isto às vezes a gente deita coisas fora sem reparar, mas ele também não se recorda.
— Não me diga. Bom, e agora se me dá licença, quem se vai embora sou eu, que tenho de alimentar a mãezinha.
— Então adeusinho, as melhoras.

Isto vai de mal a pior, estou a ouvir apitos na cabeça, um coro de árbitros histéricos. Já é noite, tenho de me despachar. Com tanto assalto nesta casa é cada vez mais difícil encontrar o material. A esta hora já não arranjo ratos em lado nenhum, adeus tortura chinesa, é melhor pensar numa alternativa. Uma faca de trinchar? Por que não?

Vejamos a lista. Bisturi, confere; fita de embrulho, confere; fio de pesca, confere; agulhas cirúrgicas, confere; luvas de látex, confere... Bom vou acrescentar umas aspirinas e o corta-papel do Furtado. *Smith & Wesson*, querido, que falta me fazias nos peitorais, parecia que andava nu. Se calhar levo ainda outro, um mais pequenino, de reserva, prendo-o aqui atrás das costas. Pronto.

Agora é só vestir a gabardina, o chapéu só o ponho lá fora. Vamos convocar o sacaninha. OK, a costa está livre, não há sinal da porteira, descer as escadas para exercitar os gémeos, cá estamos nós no rés-do-chão... Olha, curioso, parece-me ter visto o Pacheco dentro de um carro.

Porra! Não é que é mesmo o Pacheco? E o Chico Moore sentado ao lado dele, estão os dois a olhar para a porta, ainda bem que não acendi a luz das escadas. Espera aí, o que é que os gajos estão a fazer à minha porta? Que eu saiba nenhum deles mora para estes lados. Será que a Judite se mudou para os Anjos? Um deles está a fumar, o outro esfrega o frio das mãos, têm cara de quem já está ali há horas.

Foda-se, cheira-me a vigilância. Será que os gajos me estão a rotinar? É melhor ter cuidado.

— Boa noite, Sr. Inspector! Isto é que é. Tantos dias sem o ver e hoje vejo-o duas vezes de seguida. Não me diga que roubaram outra vez a lâmpada da entrada, agora é semana sim, semana não. É o que dá, as pessoas abrem as portas a qualquer um, nem sequer vão à janela ver quem é...

(É a Dona Aida, vem fazer a ronda. É hoje que eu mato a velha, mesmo nas barbas dos coleguinhas, já estou a ganhar volume.)

— Então, Sr. Inspector? O que se passa? Está com uma cara que só visto. Sente-se bem? Precisa de ajuda?

— Não, deixe estar, é só uma tontura, isto já passa num instante. Dá-me licença? Vou ali acima num instante, tomar um... Um antitonturas...

— Então agora vai pelas escadas? Nesse estado, Sr. Inspector? Espere que eu chamo já um elevador. Quer que eu vá avisar os seus colegas de que está atrasado?

— Colegas? Quais colegas?

— Os que estão aí fora à sua espera. Uns senhores muito simpáticos, até me disseram os nomes, mas agora já não me lembra. Eu já não era boa para nomes, mas desde a traulitada estou pior. Então suba aqui no elevadorzinho, esteja descansado, que eu vou lá falar com eles...

— Não, não! Não se incomode, Dona Aida. Então, diga-me lá o que queriam os meus colegas?

— Só me perguntaram pelo Sr. Inspector, se estava aí, e depois foram para o carro. Até os convidei para entrar, escusavam de estar ali fora no carro, coitados, mas eles insistiram, se calhar estão a ouvir a bola...

(Estão é à minha espera. Mas porquê? Até parece que tenho uma ordem de prisão. Se calhar tenho mesmo, só não me bateram à porta por causa daquela lei idiota, ninguém pode ser preso em casa depois do pôr-do-sol. Oh, não, a porteira vai acender a luz, deixem-me esconder aqui, atrás da coluna.)

— Ai Jesus, que até me assustou. Então, Sr. Inspector? O que foi? Agora mete-se aí no canto?

— Chiu, caluda. Não olhe para mim, finja que está a limpar o chão. Não olhe para mim porra, já lhe disse!

— Mas limpar o chão como? Nem trouxe a esfregona! É só um momentinho então que eu vou lá acima buscá-la. Ai valha-nos Deus... Mas o que é que se passa? Não me diga que aqueles são os assaltantes que me entraram em casa?

— Não, Dona Aida, tenha calma. Pronto, a luz apagou-se. Não acenda, raios! Venha antes aqui para o cantinho para eu lhe explicar uma coisa. Viu bem aqueles homens? Sabe quem são?

— Bom, eles disseram que eram seus colegas.
— Não, errado. São estagiários, está a perceber? São inspectores estagiários.
— Com aquela idade? Alguma vez?
— Pois claro, aqueles são repetentes, já chumbaram várias vezes nos testes.
— Quais testes? Então vocês têm lá testes?
— Então não temos? O mais difícil é o teste da vigilância. Eu explico, é assim: vamos supor que há um assassino nesta casa e os agentes da Judiciária não podem deixá-lo fugir. Está a perceber? Bom, então eles têm de pôr o prédio todo sob vigilância percebe?
— Mas então e o teste, como é?
— Bom, como deve imaginar a gente não pode pôr estagiários a vigiar assassinos de verdade, se não os assassinos ainda fugiam e era uma chatice. Então o que a gente faz é mandar os estagiários à casa de um inspector já com experiência, a fingir que o inspector é o assassino, está a perceber?
— Pronto, já está tudo percebido. Quer dizer que agora eles têm de apanhar o Sr. Inspector para não chumbarem, é isso?
— Muito bem, Dona Aida, muito bem. Agora que já percebeu tudo até me pode ajudar a tornar o teste ainda mais difícil. A Dona Aida tem um quintalzinho lá atrás, não é verdade? Vá lá ver se eles puseram alguém a guardá-lo...
— Agora?
— Pois claro. Eu entretanto subo e já lhe telefono a saber o resultado.
— Então adeus, Sr. Inspector. As melhoras da sua mãezinha.

OK, problema resolvido, regressemos a casa. Vamos agora para a cozinha ver como param as modas lá atrás, ainda não acredito que os gajos me cercaram o prédio. Só podem ser coisas do Abreu, aquele não vai viver muitos anos.
 Da área de serviço tem-se uma vista perfeita lá para baixo. Olha, não posso crer, o Alminha está escondido atrás da escada de incêndio. E quem é aquele ao lado dele? Será o Silva? Ena, é mesmo o Silva. Perfeito! As duas mais brilhantes inteligências da Judite a vigiar-me as traseiras! Não resisto:
 — Então, Alminha? Vieste fazer-me uma visita? Escusavas de ficar aí ao relento. Não queres subir e tomar um copo?
 — Eia, é o *Boss*, já nos topou! — diz ele ao Silva.
 — Claro que topei, ó animal. A careca do Silva até brilha à luz dos candeeiros. Então, *quid novis*?
 — Lá está ele outra vez com a história da *Novis*. E agora Silva? O que é que a gente faz?
 — Podem subir e vir-me buscar — interrompo. — O que é que acham? Eu até vos ajudo, esperem um bocadinho. Pronto, estão a ver-me? Estou aqui fora, sem armas. Subam, queridos.
 — E agora, Silva? — angustia-se o Alminha. — A escada de incêndio já não pertence à casa dele, pois não? Já o podemos prender!
 — Bom, não sei. O que dizem os manuais? — pergunta o Silva. — O melhor era a gente telefonar para a base, a pedir instruções…
 — Estejam à vontade, queridos, os manuais dizem que sim, força, venham cá! Olhem, até desço mais um lance de escadas. E agora, que tal?

— Acho que a gente devia dar um tiro de aviso — considera o Silva. — Como é que é? Primeiro é um para o ar, depois outro nas pernas e só então é que...
— Boss! Desça daí com as mãos no ar senão a gente dá-lhe um tiro!
— Assim é que é, Alminha, estás a ficar um homenzinho. Então!? Dá lá um tiro, não tenhas medo!
(Ahhhhh. Foda-se, caralho, cona da mãe! Não é que aquela besta disparou mesmo? Foda-se, o que é esta merda? Acho que o animal me rebentou a perna, foda-se tanto sangue, uma ligadura, uma ligadura, urgente, urgente...)
— Então, meu!? Estás maluco, Alminha!? — berra o Silva, histérico. — Isso alguma vez é um tiro de aviso? Estás passado dos cornos, meu? Ainda levamos com um processo, meu!
— O que é que queres pá!? Esta merda disparou sem querer! Sabia lá que a pistola estava destravada! Anda, vamos subir as escadas, com sorte ainda o apanhamos antes de conseguir chegar lá acima.
(Bazar, bazar, rápido. Um degrau, outro, e mais outro. A minha perna, porra, o que é que se passa com a minha perna? Não reage, parece morta. Ó perninha anda daí, mais um degrau, outro, eles estão quase a apanhar-me, foda-se perna, então, não te mexes? Pronto, cheguei, aqui já não me podem tocar. Casa de banho, casa de banho, rápido, foda-se, morro antes de lá chegar, está ali, estou a vê-la, só mais um metro ou dois, foda-se. Um garrote, preciso de um garrote. A corrente do autoclismo serve, é com isto mesmo, concentra-te Brandão, põe a corrente à volta da perna, isso. Agora dá um nó, força, aperta Brandão. E agora, ligaduras, foda-se, ligaduras, foda-se, foda-se...)

Dói-me a cabeça, não sei onde estou, ainda não percebi. Puseram-me numa cama branca, alta e estreita, com pés de ferro. Os pés da minha cama têm rodas, as outras camas também, neste quarto há mais três, mas estão todas vazias.

A minha perna está engessada, explicou-me a Enfermeira Elisabete. É ela que trata de mim mais vezes. Não gosta muito de falar, mas faz-me muitas festas na cabeça, chama-me coitadinho. Vem-me ver quase todos os dias, limpa-me o corpo com a esponja, muda o penso das feridas, "pobrezinho, pobrezinho", diz ela.

A maior parte dos dias estou sozinho, fico horas na cama, sem fazer nada, aqui não há livros do Astérix. *Dói-me o corpo todo, até comer me custa. Mas gosto da hora das refeições porque vem cá a Enfermeira Elisabete, ou outra como ela, e dá-me a comida à boca, como a Mamã me fazia quando eu era pequeno.*

Não sei da Mamã, nem do Papá, nunca mais os vi. Ninguém me diz onde eles estão, nem mesmo o Dr. Leopoldo, que tem um bigode preto muito grande e só aparece de vez em quando. Põe uma coisa fria no meu peito, e nas minhas costas, é para me ouvir o coração, diz ele. Vê os meus olhos, as feridas todas na cabeça, e depois dá-me um chupa-chupa.

Ele diz que a Mamã me manda beijinhos, mas agora não me pode ver.

30

TIC TIC, TITANIC

Olha, que engraçado, o lavatório está ao contrário. Ena, a sanita também, está tudo de pernas para o ar. Que giro, nunca tinha visto o bidé deste ângulo, parece um navio, deve ser o Titanic, num mar de linóleo verde. Verde e vermelho, que aqui há muito sangue, se calhar o navio já foi ao fundo, os tubarões atacam...
Oiço a música do 007, estou com as bandas sonoras todas baralhadas, estava à espera da Celine Dion. Ena, tanto sangue na minha perna, se calhar os tubarões já a levaram... Não, afinal não, a perna ainda está inteira... E continuo a ouvir a música do 007, vem do bolso da gabardina, que giro, parece o meu telemóvel...
Onde estou? Este linóleo verde é meu conhecido, igualzinho ao chão da casa de banho. Pois é, estou deitado no chão... Se calhar desmaiei, a puta do balázio na perna... A música do 007 continua, agora é que eu vejo, é o meu telemóvel, deve estar a tocar há horas... Tenho de tirá-lo do bolso, vá lá, Brandão, concentra-te. Carrega no botão verde,

assim é difícil, isto aqui está tudo vermelho, sangue por todo lado...

— Agora é que foi, cabrão, apanhámos-te!

(Assim de repente parece-me a voz do Abreu, o Cara de Fuinha... Olha, a perna mexe mas não a sinto. Apertei o garrote com demasiada força, agora já percebo as tonturas, o desmaio.)

— É melhor que te entregues, cabrão, poupavas-nos uma data de chatices. Já temos provas suficientes para te mandar direitinho para Vale de Judeus, vinte anos de cana, vais adorar.

(É mesmo o Abreu, está muito excitado, não se cala, até lhe oiço os perdigotos do outro lado.)

— Então? Não dizes nada, palhaço? Perdeste o pio, foi? Tenho provas de que andaste a matar as gajas, percebes? Estás feito ao bife!

(Bife? Qual bife? Mal passado de certeza. Do que é que o gajo está a falar? Concentra-te, Brandão.)

— É para aprenderes a não mexer nas gavetas dos outros, meu cabrão. Deixaste os meus discos cheios de dedadas. Tinham as tuas impressões digitais, perfeitas. Bastou compará-las com as que tínhamos encontrado no frasco da Florbela e pronto, apanhámos-te, cabrão. Andaste a cortar as línguas às velhas, não foi?

(Tem a voz fanhosa, o Abreu, se calhar tem um problema no nariz, deve estar constipado... O nariz do Abreu! Agora é que me lembro, o estado em que aquilo ficou, ainda me dói o punho.)

— E depois foi só falar com o Alminha, estás a perceber? Encostei o gajo à parede, apertei com ele e o gajo desbocou-se. Contou tudo, meu cabrão, tudinho. A cena de ter levado as línguas ao jornal por ordem tua, a cena do retrato-robô que tu rasgaste, tudo...

(Que giro, estou a ouvir a Celine Dion, *and my heart will go on*...)

— ...Bate tudo certo, meu cabrão, a cena toda. O Alminha até me falou dos sapatos de pele de cobra, que te apanhou a limpar as impressões digitais na cena do crime. Compraste-os no *Mundo do Calçado*, és mesmo um totozinho, só mesmo tu para pagar com cartão de crédito, tenho aqui o recibo...

(Aborrece-me o gajo, fala muito, oiço apitos na cabeça. Agora já não é o 007, estes apitos vêm da sala, deve ser o telefone fixo.)

— Entrega-te, meu cabrão, é o melhor que tens a fazer, escusavas de ser humilhado à frente da vizinhança toda, porque amanhã de manhã não vamos estar aqui com conversinhas, rebentamos-te a porta a pontapé...

(Irra, não se cala mesmo, o Abreu. Nem ele nem o outro telefone, se calhar é melhor ir atendê-lo. Será que consigo chegar à sala? Mas primeiro vamos desligar o Cara de Fuinha, custa-me falar, tenho a garganta seca.)

— Está sim? Está lá? É da Sopa dos Pobres? — pergunto.

— O quê?

— Está lá? Inspector Sopinha? Aqui fala da Nariz de Santo, especialistas em próteses nasais. Ouvi dizer que lhe partiram o nariz. Estaria interessado na nossa promoção natalícia? Eu sei que é difícil arranjar um nariz do seu tamanho, mas enxertos é a nossa especialidade, se estiver interessado...

— Já percebi tudo, Brandão, ri-te à vontade. Ri melhor quem ri por último!

(Ena, desligou-me o telefone na cara, o Abreu. Estava a ver que nunca mais, agora tenho de ver o que me quer o fixo, continua a insistir. Os índios é que eram espertos, sinais de fumo faziam muito menos barulho.)

— Ai Jesus, Sr. Inspector, que a gente ouviu aqui um tiro. O que aconteceu? Disse-me que telefonava, eu aqui à espera, raladíssima, e depois oiço um tiro...

(Pois é, um mal nunca vem só, agora é a Dona Aida ao telefone, a porteira operática. Já me tinha esquecido dela.)

— Inspector? Sr. Inspector?

(É mesmo ela, a porteirola, nem em casa tenho sossego. E a Mamã ronhonhó, ronhonhó, não se cala.)

— Alô, está sim? Alô? Sr. Inspector?

— Estou!

— Ai valha-nos Deus, Sr. Inspector, que susto. Aí calado, sem dizer nada. Até já tinha mandado o meu marido aí acima, bater-lhe à porta, mas ninguém atendia...

— Desculpe lá, Dona Aida, pensava que eram os estagiários...

(Os estagiários, pois é, agora me lembro. A casa cercada, o Alminha lá embaixo a dar-me um tiro... Ah, cão ingrato.)

— Mas e o tiro, Sr. Inspector? Agora andam a dar tiros aqui no prédio? Mas afinal que testes são estes? Acho mal, Sr. Inspector, ainda acertam em alguém...

— Era pólvora seca, Dona Aida, não faz mal a ninguém (ai não que não faz). Era só na brincadeira, não se preocupe. Os estagiários queriam ver se me apanhavam mas não conseguiram (ai não que não conseguiram). Que horas são?

— Que horas são? Sei lá, são para aí umas nove. Ó Aníbal, vê-me aí as horas para o Sr. Inspector! Quantas? Afinal não, ainda falta um quarto para as nove...

(Um quarto para as nove? Devo ter estado desmaiado uma hora e picos. E tenho uma loura à espera... Já não me resta muito tempo.)

— E agora, o que é que eu faço, Sr. Inspector? Os vizinhos chamaram a polícia e tudo, uma vergonha...

(Vincos na testa, vincos na testa.)

— E os polícias, já se foram embora?

— Ah sim, foram-se logo embora. Ficaram uns cinco minutinhos se tanto, falaram com os estagiários e depois ala que se faz tarde. Devem ter visto que era um teste. Eu até falei disso à Dona Helena, a porteira do nº 14, mas ela diz que nunca ouviu falar desses testes, estranhou muito...

— Ó Dona Aida, não me desgrace! Isso dos testes era *top secret* percebe? Segredo de justiça! Fuga de informação! E agora, ó Dona Aida? O que é que vou dizer aos meus colegas da Judiciária? Se calhar ainda vão aí prendê-la!

— Ai não me assuste, Sr. Inspector. Ai a minha vida, ai a minha vida!

— Tenha calma! Tenha calma que isto ainda se há-de resolver. Pronto, já sei! Tem aí o relógio à mão? Então vamos fazer assim... Às nove em ponto a Dona Aida vai para as traseiras do edifício falar lá com os estagiários. Diga-lhes que está a haver tiroteio na parte da frente da casa. É tudo parte do teste, está a perceber?

— Ai que confusão, não sei se a minha cabeça aguenta tanto recado.

— Então não aguenta? É só dar o recadinho. Se quiser peça ajuda ao Sr. Aníbal. O teste, de qualquer modo, está quase a acabar. Coitados dos moços, acho que vão chumbar outra vez...

— E depois?

— E depois nada! Eu livro-me dos estagiários, vou para a esquadra e explico tudo. Com um bocado de sorte eles fecham os olhos e não a prendem por fuga de informação. E então agora, não se esqueça. Às nove dê o recadinho aos meus colegas.

(E quanto a mim toca a lavar o sangue e vestir roupas lavadas, se chego neste estado assusto a loura, ainda pensa que sou algum psicopata.)

A Mamã veio visitar-me ontem, vinha num carrinho, empurrada por uma enfermeira. Tinha muitas marcas na cara, estava muito feia. E trazia um lenço na cabeça, acho que ficou sem cabelos nenhuns. Mesmo a falar estava esquisita, a boca toda torta, não percebi nada.

Ficou muitas horas ao meu lado, a mexer-me no cabelo, a dizer que eu era o filhinho querido dela. Tinha as mãos ásperas, e muitas nódoas negras nos braços, não gostei das mãos dela a tocar-me. Mas ao menos já não cheirava mal da boca.

Antes de se ir embora disse que o pesadelo estava quase a acabar, que o Papá nunca mais me iria fazer mal, que uma Mamã gata protege as suas crias. E depois abraçou-me com força, até me ficou a doer o peito. E quando a mama dela se encostou no meu braço, quase vomitei.

31

FOGO DE ARTIFÍCIO

Que chatice, a gabardina do Papá está uma lástima, não a posso levar, tenho de mudar de visual. Mal me aguento nas pernas, foi uma sorte o projéctil não ter atingido nenhuma artéria... Que chavascal. É melhor cortar estas calças com uma tesoura, Alminha, vais pagar-me com juros, depois mando-te a conta.

Já está, agora limpar o sangue, pôr ligaduras novas, e vestir umas calças de fato de treino, essas ao menos não apertam a ferida. Ai não que não apertam, irra!, o que isto arde. Que falta de nível, logo hoje me haveria de acontecer isto, um *gran finale* nestes preparos, com a minha roupa dos domingos.

OK, faltam cinco minutos para as nove, está quase na hora. Verificar o arsenal, a malinha do Papá, tudo em ordem, muito bem. Plano de combate, primeiro vamos à varanda da frente, observar o inimigo. Lá está o carro do Mendonça e do Chico Moore, os dois continuam no interior, nem com os tiros de há pouco saíram, impressionante a falta de profissionalismo. Esperem aí, ó animais, que já vos mostro.

    Convinha-me neutralizar a viatura, pelo sim pelo não. Não quero ter surpresas quando sair pelas traseiras, a coisa pode dar para o torto, ainda mais neste estado, assim coxinho qualquer um me apanha. Chegou portanto o momento do fogo de artifício, caso não saibam sou o campeão distrital de tiro ao alvo, na PJ de Lisboa ninguém me bate aos pontos.

    Será que consigo acertar nos pneus? Daqui não tenho ângulo, é melhor disparar directamente para o depósito de gasolina, ora então, cá vamos nós. Fazer pontaria, um, dois, três. Ena, em cheio, seis balázios! Que lindo fogaréu. Isto está a compor-se, não tarda muito chegam aí as televisões.

    Olha o Mendonça e o Chico Moore, agora já não têm frio, nunca vi ninguém saltar de um carro tão depressa, parecia um filme americano. O Chico Moore escusava de ter dado aquelas cambalhotas todas, com a pistola na mão, tem manias que é artista. Bom, audiência não lhe falta, nunca vi tanta gente à janela, as varandas encheram-se com o estrondo, este bairro está a ganhar animação.

    Que chatice, tenho de me ir embora, logo agora que as coisas estavam a aquecer. O Chico e o Mendonça estão a apontar com as pistolas para todos os lados, o pessoal das varandas encolhe-se, pronto já me viram cá em cima, é melhor bater em retirada. Apetecia-me dar-lhes uns tiros de aviso, daqueles a apontar à perna, estilo Alminha.

    A perna, porra, o que isto me dói, se não vou a um médico depressa ainda fico sem ela. Bom, deixemos isso para mais tarde, agora vamos para as traseiras, com esta manobra de diversão já devo ter o caminho livre. Sim, confirma-se, lá vão o Alminha e o Silva em corrida, também levam as pistolas na mão.

Pelas minhas contas tenho uns cinco minutos, se tanto. Eles ainda vão ter de dar a volta ao quarteirão, falar com o Mendonça e o Chico Moore. Quando perceberem que foram comidos, já eu me pus na alheta, tempo não me falta. Ou talvez falte, foda-se, tantos degraus, se algum dia pensei ser perneta, maldita escada de incêndio. Ai a perninha, ai a perninha...

Porra! O perneta! Como é que eu não me lembrei disso? Se saio pelas traseiras como é que ele vai saber que eu vou às louras? Chatice, a esta hora está o coitadinho à porta, à minha espera, com aqueles idiotas todos ali a rondar. Tenho de ir lá buscá-lo, mas como?

Bom, alguma coisa se há-de arranjar. Primeiro tenho de encontrar o carro, onde é que eu o deixei? Todos os dias estaciono num sítio diferente, merda de cidade, nunca há lugar para nada. Não o deixei junto à Igreja? Pois foi, olha ali está ele, ainda bem que é amarelo, vê-se a quilómetros.

Quero ver como é que vou guiar com a perna neste estado, devia encomendar uma prótese, polipropileno de alta densidade, que falta me fazes. Talvez fique mesmo perneta, havia de ser giro, tinha sempre lugar para estacionar, uma placa só para mim. E com os impostos também dava jeito, ouvi dizer que os aleijadinhos não pagam népia.

Pronto. Instalado no carro... Ai a perninha, o que isto dói... Dar à chave, acender faróis, verificar os espelhos... Olha! O meu amigo coxinho, já ali está de atalaia, montado nas suas duas rodas, escuso de ir buscá-lo. Espertinho, o perneta, esse é que devia ter ido para a Judite, em vez de ficar à porta foi logo ter com o meu carro, de resto já o conhece bem. Que lindo momento. Anda querido, os pernetas vão à caça da baleia.

(Ou do cachalote, como preferirem. Eu conheço a diferença entre baleias e cachalotes, aprendi num programa de TV. Os cachalotes são na essência baleias, mas têm uma cabeça muito maior. Dentro dela há toneladas de um óleo, e esse óleo chama-se espermacete. Perguntem-me e eu respondo, sei tudo sobre cachalotes.)

Ontem vieram cá uns homens muito sérios, estes não usavam bata branca. Estavam os dois vestidos de cinzento, traziam um chapéu debaixo do braço, eram os dois quase iguais. Fizeram-me muitas perguntas sobre o que tinha acontecido, eu não queria dizer nada, tive medo da Lurdes, tive medo do Papá.

Mas a Mamã estava com eles, disse-me que tinha de dizer a verdade aos senhores e então contei-lhes a história toda. Eles abanavam a cabeça e diziam que sim. Um deles, o mais novo, pôs o chapéu na cama ao lado, que continua vazia, e tirou um caderninho. O mais velho fazia-me perguntas e eu respondia, o mais novo escrevia tudo.

Foi assim durante muito tempo, a mim custava-me falar, por causa da boca que ainda dói. O Dr. Leopoldo é que os mandou ir embora, disse que já chegava, hoje não, tinha de ser noutro dia. Eles foram-se embora, com a Mamã, e eu recebi muitos chupa-chupas.

A Mamã já anda sem carrinho de rodas, mas tem uma bengala comprida que lhe chega até ao braço, acho que se chama muleta.

32

JOANINHA VOA VOA

Rua António Pedro, 16 - 4º Esq., é esta a morada, vamos à casa da Joana. Claro, tinha de ser um quarto andar, isto é castigo. A partir de hoje só putas do rés-do-chão, ando alérgico a escadas, elevadores então nem se fala, maldita perna.
 Carreguemos na campainha. A Joana abre-me a porta cá de baixo sem fazer perguntas. Assim é que é, uma verdadeira profissional, nada de embaraçar a clientela. Entro no prédio, também era de prever, mais um elevador esconso, com portas de correr.
 O sacaninha, deixem-me que vos diga, caiu na esparrela. Veio atrás de mim o caminho todo, estacionou na esquina. O programa está a compor-se, visualizo uma ópera, tragédias gregas. Nove e quarenta, não me atrasei muito, só espero que a vacalhonça não desconfie do atraso. Então, a gaja não abre a porta? Mas afinal isto é o quarto esquerdo ou não? Será que me enganei no andar? Parece que não, já oiço a chave a rodar na fechadura...

— Entre, queridinho, desculpe lá a demora, ainda há pouco estiveram aí uns pretos a rondar, fiquei cheia de medo. Eu, desde a história do *Gang Nike*, nunca mais fui com pretos. Entre, entre.

(Estou a entrar porra, tem calma, sempre apressadas estas putas. E então os aleijadinhos? Também têm direito à vida.)

— E a ferramentazinha, está em ordem? Ai manganão...

— Uoua, vamos lá ter calma!

— Então? O que foi? Só estava a fazer festinhas!

— Nessa perna não, tiazinha, é melhor não mexer aí que me dói.

— Ai que sensível, cá para mim o amigo anda é a abusar do truca-truca, está visto, sim senhor, belo rapagão. Até parece que o conheço de algum lado. Nunca tinha vindo aqui? Ou terá sido no Conde Redondo? Também já lá trabalhei, com umas amigas, mas agora estou por conta própria... Aquilo era gente muito desonesta, sem higiene nenhuma, nem mudavam os lençóis. Aqui não, isto é uma casa santa, roupa sempre lavada...

(Engraçado, as trombas dela também me são familiares. E já vi estas banhas antes, as calças elásticas mal conseguem conter as molezas, as dobras extravasam o cinto, atraídas pela gravidade. O cabelo é o contrário, foge da atracção planetária, rumo aos céus, palha seca com armação, um mimo. Vais ficar linda em pose de cruz.)

— ...Por falar nisso, dê-me aí uma mãozinha, tem aqui um lençol lavado. Desculpe mas não tive tempo de o passar, hoje foi uma lufa-lufa, o dia inteiro gente a entrar e a sair. Pronto, já está, deite-se, deite-se. Eu vou ali lavar-me e já volto. Ai manganão, já me estás a deixar toda maluca...

(Irra, não se cala, a Joana, sempre de boca aberta, mesmo a despir-se, não sei como é que consegue comer a papa. Tem *lingerie* vermelha, um clássico, os elásticos quase a rebentar com a pressão adiposa. Vamos aproveitar enquanto ela vai à casa de banho para tirar a chave da fechadura, daqui a pouco vou precisar dela. Rápido, rápido, a gaja já está a voltar, traz uma toalha turca na mão, está a limpar as pregas, que nojo.)

— Então, queridinho, não se despe? É tímido o meu amigo, não é? Não tenha medo que a Joana não lhe faz mal. Dê cá a malinha, ai que pesada, vou guardá-la aqui no canto. Fique à vontade, ai que tenso que ele é! Não me diga que nunca veio a uma casa destas!

— Só às vezes, tiazinha. Não tantas como gostaria.

— Não me diga mais nada, já percebi, é assim a modos que uma prendinha de Natal, não é? Acho bem, convém é não saltar de puta em puta, senão às tantas uma pessoa já não sabe a quantas anda, duas ou três no máximo. E escolher com cuidado, que há aí gente muito desonesta... Sabe qual é o meu preço, não sabe?

(Estas gajas são do piorio, até para morrer pedem dinheiro adiantado. Toma lá querida, dez milenas, não tarda muito já cá cantam outra vez.)

— Então pronto, agora eu acendo aqui esta velinha, e quando ela chegar ao fim, já sabe. Ai tão tímido, nunca vi nada assim, vamos tirar o blusão... Ai, desculpe, queridinho, não tinha reparado que o meu amigo estava coxinho. Mas é só das pernas, não é verdade?

— É verdade, tiazinha, tenho aqui uma prótese, polipropileno de alta densidade, não sei se está a ver. Não, não,

deixe estar, eu fico com as calcinhas vestidas, não gosto que me vejam a perna de borracha...
— Pelos vistos não é só a perna, então, e aqui o nosso amiguinho, não acorda?
(Estão a ver? Estão a ver? Elas provocam-me, é sempre a mesma história. Se ficassem caladinhas nada disto acontecia. Pela boca morre o peixe, começo a compreender o sacaninha. Onde estará ele a esta hora? Se calhar com o ouvido encostado à porta. Porco nojento.)
— Vamos lá fazer umas festinhas, que é para ver se isto aquece. Está com sono este amiguinho, não há maneira.
(Está a mexer-me com as mãos, mexe-me por todos os lados, as mãozinhas papudas, cheias de anéis. Por que é que elas nunca ficam quietas?)
— Deixe-me aqui ajudá-lo com a camisinha... Sim senhor, olhem que esta, um coxinho, nunca me tinha acontecido. Um dia apanhei um que não tinha braço, estava sempre a escorregar para o lado, uma aflição.
(Puxa-me para a cama, passo-lhe as mãos pelo corpo, não sinto nada. É uma coisa pegajosa, a carne dela, toda mole. É como a barriga dos gatos, mas sem pêlos.)
— E então o meu amigo, como há-de ser? Não me diga mais nada, já percebi, é à canzana...
(Já está a pôr-se de costas, em posição, o pescoço mesmo a jeito. Não lhe vejo as trombas, é um alívio. Onde é que estão as luvas? Jurava que as tinha posto nos bolsos das calças. Pronto, já cá cantam, toca a calçá-las. Raio de perna, não há maneira de dobrá-la, assim não lhe consigo chegar ao pescoço.)
— Então? Já? Tão rápido?
(Foda-se, foda-se, foda-se.)

— Ai que quentinho o meu amigo, sim senhor, isto é que foi rapidez!

(Está de joelhos, começa a levantar-se, leva as mãos gorduchas às costas, já tem nelas um guardanapo pronto para limpar a javardice. E não se cala, não se cala):

— Cá por mim tudo bem, alguns gostam de se vir para as mamas, outros gostam de se vir nas costas, é normal. Aqui quem manda é o cliente, é sempre ao gosto do freguês.

(Irra, à primeira oportunidade põem-se logo a gozar com um gajo, nem os deficientes respeitam. E depois queixam-se. Espera aí Joana, que já comes. Porra, a baleia está a virar-se, coberta de espermacete, vamos lá esconder as luvas.)

— Espere um pouco deixe-me cá limpar isto. Quer esperar mais um pouco e tentar outra vez? Antes de uma hora se calhar não consegue, pois não? — sorri hipócrita. — Então, agora esconde as mãozinhas atrás das costas? À mãozinha é que era, da próxima vez o meu amigo vem cá com mais tempo, eu começo por lhe dar uma massagenzinha, faço a descompressão manual e depois a gente tenta outra vez.

(Porra, as luvas não saem, devia ter posto talco.)

— Então? Não diz nada? O que tem aí atrás das costas? Não me assuste! Luvas? Mas luvas para quê? Socorro! Socorro! Ahrghhhhhhhh...

Já estou bem agora, mesmo da perna, só o peito é que ainda me dói. Ontem veio um carro verde buscar-nos, a mim e à

Mamã, fomos juntos embora, até ao aeroporto. Já tinha visto muitos aviões, mas nunca tantos juntos. Nem tinha voado ainda, gostei muito, havia umas senhoras muito simpáticas, com uma touca na cabeça, estavam sempre a trazer comida, sempre a sorrir.

Durante a viagem no avião elas chamavam-me menino Luís e eu não lhes podia dizer nada, é um segredo.

A Mamã nunca mais me chamou de João, disse que agora íamos mudar de nome, era um jogo só nosso. Antes de fazer a viagem ela ensinou-me a escrever o nome outra vez, passou muitas horas comigo, sempre a lembrar-me. Quando voltar para a escola tenho de escrever sempre, Luís Porto Brandão.

Tenho pena, gostava mais do nome antigo, João Paulo Reboredo de Noronha. Mas a Mamã disse que tinha de ser, ela agora também já não é Maria Helena, nem Reboredo de Noronha.

33

A DANÇA DAS MARIONETAS

Ando nervoso, neste momento até bebia um chazinho, daqueles para relaxar. A gorda já está no chão, neutralizada. E eu ando a chapinhar nas poças de sangue. As marcas dos sapatos vão ficar um mimo, nem sequer foi preciso imitar um perneta. Eu sou um perneta ambulante.

E não sou o único. O sacaninha está algures no prédio, à minha espera. Ou será que não está no prédio e sim lá fora? Uma coisa eu vos digo irmãos: em terra de coxos, quem é coxo é coxo (*geo claudo, claudo claudo*).

E cá vou eu portanto, a claudicar, rumo à aventura. Tenho a chave da casa da baleia comigo, vamos sair. Lá está, é a falta do chazinho, até abrir a porta me deixa nervoso. Não, ninguém no corredor, está tudo às escuras, vamos chamar o elevador. Estas portas aqui irritam-me, têm todas buracos na fechadura, aposto que estão todos os vizinhos a espreitar, mesmo às escuras.

Elevador amigo, chegaste finalmente. Vamos então para baixo, fechar a porta de correr, embarcar. Faz muito barulho este elevador, a cada andar parece sacudido por um ataque de tosse convulsa. É melhor apagar a luz cá de dentro, é só rodar esta lâmpada, pronto. Quero chegar lá abaixo incógnito.

A costa está livre, não há abutres no céu. Mas o sacaninha já não pára na mota, consigo vê-la daqui, falta-lhe um perneta. OK, afundar o chapéu na cabeça e rumo ao meu carro. Vamos abrir o porta-bagagem e deixar aqui a malinha comprometedora, e o blusão ensanguentado. A rua está a ficar vazia, lá atrás está tudo na mesma, nem sinal do coxinho. Cá para mim ele já tinha entrado no prédio quando eu saí. Tenho de voltar, lá vamos nós à Rua António Pedro nº 16, quarta gaveta, do lado esquerdo.

A porta já se fechou, mas esta é fácil de abrir. Gosto de prédios antigos, os desta zona têm todos fechaduras iguais, abrem com a gazua 24. Agora tenho mesmo de ir pelas escadas, o elevador está com muita tosse, podia espantar a caça — e eu quero surpreender o sacaninha. Isto partindo do princípio de que ele se encontra lá dentro, no apartamento da baleia.

Subir escadas é agora a minha ideia de desportos radicais — levem um tiro na perna e experimentem escalar quatro andares. Para já, garanto-vos que leva muito tempo, mais do que seria conveniente. A esta hora já o sacaninha deve estar a acabar de costurar as bocas, preparado para sair. Será que está à minha espera?

Chazinho, chazinho, ando a ficar nervoso.

OK, já cheguei ao quarto andar, o pico do Evereste. Cheguei quase inteiro, só me falta uma perna. Aqui está a porta à minha espera, o quarto esquerdo. Usar o célebre Pontapé Brandão está fora de cogitação, com sola de borracha ou sem ela. Vamos abrir é com a chavinha, escusamos de fazer barulho, aqui somos todos amigos, a grande irmandade dos pernetas. Tenho a chave na mão esquerda, a *Smith & Wesson* na mão direita. Vamos lá abrir devagarinho, tcham, tcham, tcham, tcham!

Está ali outro coxinho. Debruçado sobre uma loura, gorda e nua. A perna dele está estendida para trás, é como eu, se calhar não a consegue dobrar muito bem, a outra está flectida. Uma das mãos está a segurar os lábios da baleia (ou do cachalote, como preferirem), a outra está a trabalhar com a agulha.

Conheço aquelas mãos. Em tempos achava que eram muito grandes. Hoje parecem-me pequeninas. E velhas, cheias de rugas.

— Então, choninhas? Agora usas pistola? — pergunta.

(O velho está a olhar para mim, a intervalos. Continua a costurar a boca. Escolhe muito bem o sítio onde picar, enfia a agulha, e dá outro ponto. Numa poça de sangue mais pequenina está caída uma língua. Ao lado dela, ordenados, vêem-se os instrumentos cirúrgicos. São três bisturis, mas as pontas têm formas diferentes, é uma cena de especialistas. Ao lado vejo uma mala preta, igual às que o Papá usava.)

— Então, choninhas, não dizes nada?

(Não gosto do termo choninhas, não me perguntem porquê. E não gosto do velho, ali, todo torto, preocupado com as costuras, como se eu não estivesse na casa. Mas estou, e

tenho o *argumentum baculinum* na mão, uma comichão incrível no dedo que embala o gatilho):
— OK, começa a contar a tua história, porque daqui a pouco vais levar um tiro nos miolos. E quero ver essa cabeça a rebentar com estilo...
— Achas que estas gajas algum dia vão dar com a língua nos dentes, choninhas? Será que algum dia vão falar?
(Obsessivo, o sacaninha. Aquele cérebro deve ter fritado algures, não percebo puto do que o gajo está para ali a dizer. Será uma língua morta? Latim não é de certeza.)
— Não queres que elas falem, querido? Então porquê? — pergunto.
— Não quero cá falatórios, percebes?
(Está a arrumar os instrumentos, o sacaninha. Um a um, na malinha, por ordem de tamanhos. Trabalha com calma. Levanta-se agora, apoia-se no pé boto, começa a dar pontapés na velha. Dá-lhe com força, não percebo porquê, a gaja está morta há muito, fui eu que a matei. E repete entredentes, "não quero cá falatórios", "não quero cá falatórios".)
— Não queres tu, mas quero eu, sacaninha. Continuo à espera de uma história. E não me apetece esperar muito.
(Com o polegar engatilho o percussor do revólver, adoro este *click*. Lá está, com as pistolas perde-se o efeito todo, é só barulho, nenhum dramatismo, não se sente a elasticidade do percussor, mortinho para saltar. Aponto-lhe o cano às fuças. Conheço aquela cara, já a vi numa fotografia antiga. Mas onde? No cofre lá de casa havia um retrato parecido, um gajo fardado à militar, ao lado da Mamã. O cofre que o sacaninha abriu, o cofre cuja combinação ele pelos vistos conhecia, que nem sequer precisou de arrombar.)

— Agora és tu, choninhas. Olha só o que eu trouxe para ti. (Salta-lhe para a mão um cinto. A primeira chicotada apanha-me o braço direito com a fivela, estou a ver o meu revólver a saltar para longe, em câmara lenta. Já era perneta agora sou maneta. E ele avança para mim, traz a perna de arrasto, parece o Frankenstein. Engraçado, é quase do meu tamanho o sacaninha, menos as mãos que manobram o cinto, essas são parecidas com as minhas, mas mais velhas, *qualis pater, talis filis*, esta não sei a que propósito me veio à cabeça.)

— Não te sabias calar, pois não, choninhas? Tinhas de dar com a língua nos dentes não era?

(Estou a ouvir sirenes na cabeça, sirenes mesmo, como aquelas dos carros da polícia. A hiena ri-se, parece louca.)

— Tu e a puta da tua mãe, choninhas. Vais ficar igual a ela, eu parto-te todo, choninhas, eu parto-te todo, não tarda muito estás a soro. Era o que querias não era? Ficar junto da mamãzinha para sempre, não era?

(E avança ao som das sirenes, oiço-as a uivar lá fora, a janela está aberta. Dava-me jeito ter um sabre na mão, *laser* de preferência, para neutralizar o sacaninha. As pancadas dele são muito regulares. Bate com o cinto, puxa-o para trás, bate outra vez, ri-se muito, os dentes todos à mostra. Eu tenho a cara de um herói, um mártir, João Paulo, escorre-me sangue da testa, do braço com que defendo a cabeça. E lá vem o cinto outra vez, regular como um relógio, desta vez vou mesmo apanhá-lo.)

— E olha o que eu tinha para ti, sacaninha! Surpresa!

(Estou a segurar o cinto com a mão esquerda. A mão direita já puxou o *Smith & Wesson* número dois, que trazia enfiado na parte de trás das calças. É mais pequeno este revólver, calibre 32, mas disparado à queima-roupa não tem comparação. Encosto-o às fuças da hiena sorridente, o percussor já está levantado, puxo o gatilho. Um chavascal, até me saltam bocados de osso para o olho, parece que já não vejo nada, se calhar ceguei. *Quo vadis domine? Bon voyage.*)

Estamos numa casa nova, nesta rua não há pretos, na escola também não. Não gosto da casa, não tem jardim, não tem nada. Só gosto do elevador, tem uma porta de madeira muito engraçada, daquelas de correr.

Nunca mais dormi com a Mamã, quando ela se deita na minha cama dou-lhe pontapés, é uma gorda, sempre a choramingar.

Mas há noites em que ainda acordo aos berros, e então ela vem ter comigo, abraça-me muito e diz que já passou, já passou. E fica a balançar comigo na cama, de um lado para o outro, até eu me esquecer do sonho mau.

E embalado nos braços dela, antes de adormecer outra vez, aos poucos esqueço a Dona Lurdes. Não a vejo a entrar no quarto com o Papá atrás, eu e a Mamã na Cama Grande, apanhados pela luz. Ou o Papá a caminhar para nós devagar, já com o cinto na mão, o cinto a voar. Nem vejo a Mamã a virar-se para mim, a proteger-me com o corpo, a levar com a fivela, a gritar, a gritar. O cinto a subir e a baixar, "não quero cá falatórios, não quero cá falatórios", a Lurdes caída no chão.

E o Papá a rir, a mostrar os dentes todos da boca, e atrás dele a Lurdes a levantar-se, a sair do quarto de gatas, a roupa toda rasgada. E a voltar depois, com um ferro nas mãos, a dar com o ferro na perna do Papá, o ferro a subir e a descer com força, até se ouvir aquele estalo na perna, como madeira a partir.

Depois, estou quase a dormir, já nem me lembro do sangue, todo aquele sangue, o quarto todo cheio de sangue, o Papá a andar com a perna pendurada, torta para o lado errado, as calças vermelhas a pingar. E o Papá a pegar na cabeça da Lurdes e a bater com ela na parede, muitas vezes, muitas vezes, um som cavo de coisa oca que estala, que só acaba quando chegam os senhores fardados. Um som cavo que oiço na cabeça à noite, que só acaba quando a Mamã me diz que tudo acabou, que era um sonho mau, o Papá está morto há muito, morreu na Guerra, era um médico bom.

34

VOLTA BRANDÃO, ESTÁS PERDOADO

Temos a cena controlada. As sirenes calaram-se, oiço pneus a chiar lá embaixo, os gajos não tarda muito batem à porta. É o problema dos vizinhos, telefonam à polícia por tudo e por nada, são gente muito sozinha, adoram comunicar.

A música do 007 está cada vez mais alta, ando a baralhar outra vez as bandas sonoras, tinha a *Guerra das Estrelas* na cabeça, não percebo. O telemóvel insiste, devia atendê-lo, será o Abreu? A minha mão direita ainda segura o revólver, parece que está presa, afinal não, consigo levá-la ao bolso.

— Está sim? Brandão?
— É o impróprio.
— Perdão?
— Sim, é o Brandão.
— Porra, estava a ver que nunca mais o apanhávamos, cambada de incompetentes. Daqui fala o Coordenador Superior Duarte. Onde é que está, Brandão? Está tudo bem?

(Esta versão do Almôndegas é bizarra, assim tão doce nunca o vi, não sei o que lhe deu, vamos aproveitar a deixa):
— Estou na casa do inimigo público número um, apanhei-o em flagrante — respondo. — Dei-lhe ordem de prisão, o gajo resistiu, tive de lhe enfiar um balázio na cabeça.
— Está aonde? Na casa do Noronha?
— Quer dizer, estou na casa de uma das vítimas do Noronha, a última.
— E o Noronha? Apanhou-o?
— Sim, é como lhe digo, enfiei-lhe um balázio nos cornos, ele estava a tentar estrangular-me com o cinto.
(Boa ideia, toca a enrolar o cinto à volta do meu pescoço. Agora aperto um pouco, até fazer um vergão convincente. Mais cintada, menos cintada vai dar tudo ao mesmo, a minha cara parece um campo minado. O que diria a Florbela se me visse agora?)
— Brandão, em nome da Polícia Judiciária, tenho de lhe apresentar as nossas desculpas.
(O gajo está parvo, de certeza. Ou então refinou o cinismo. Vamos lá testar-lhe a paciência):
— Esteja à vontade, ó Almôndegas, cá por mim estão todos perdoados. *In nomine patris, et filiis...*
— Como?
— Nada, nada. Era uma cena bíblica.
— Ah bom. Essa das almôndegas é que não percebi. Deve ser dos telefones, a linha está má. Estou? Está lá, Brandão? Ouça, suspendi o Abreu, vamos meter-lhe um processo disciplinar, aquele nunca mais o chateia.
— Coitado! Então o que é que ele fez? Que eu saiba só me escondeu o processo Noronha...

— Então não é que aquele imbecil sabia desde o início que o Noronha era o seu pai?! Só quando o chamei ao meu gabinete é que o gajo começou a contar a história toda...

(O meu pai? O meu pai morreu na Guerra, está tudo doido na Judite.)

— ...nem queria acreditar. O Abreu conhecia os antecedentes todos do Noronha e em vez de o prender a ele deu-lhe ordem de prisão a si, é mesmo idiota! Então não se via logo que o Noronha era culpado? Com aquele cadastro todo? Tenho aqui a ficha dele, o gajo matou a vossa criada em Moçambique, uma tal de Lurdes, e só não matou a sua mãe porque não calhou. E ainda rebentou a cabeça a um recluso quando estava dentro, um autêntico psicopata. Toda a gente sabe, psicopatas desses não param nunca, o gajo tinha de acabar o trabalho, só faltava apanhá-lo a si...

(A Lurdes? Qual Lurdes? Eu cá não conheço nenhuma Lurdes.)

— ...e ainda por cima aquele imbecil do Abreu tinha interrogado a sua porteira, ela reconheceu logo a foto do Noronha, já o tinha visto a rondar o prédio. Bastou somar dois mais dois, era evidente que o Noronha lhe devia ter roubado um frasco, estava a tentar incriminá-lo. Só não percebo por que é que o Brandão não nos disse nada, mais valia ter contado a história toda.

— Eu bem tentei, Chefe, eu bem tentei...

— Não me diga mais nada, Brandão, eu compreendo. Logo o seu paizinho, imagine-se, uma história destas não se acredita. Eu nem sequer sabia que a sua mãe lhe tinha mudado o nome. Até isso constava do *dossier*, veja lá, o requerimento da sua mãezinha à Conservatória dos Registos

Centrais… Mas diga-me só uma coisa, como é que descobriu que o Noronha era o seu pai?
(Irra! Lá está ele a dar com o pai outra vez, mania das tragédias gregas. Freud já era, meu amigo):
— Isso é uma longa história, conto-lhe mais tarde, agora parece que tenho visitas…

E tenho mesmo. Já chegaram os meus coleguinhas, estão a bater à porta, se calhar devia abrir. Mas o chão começou outra vez a andar à roda, tenho a cabeça a zunir, não me consigo levantar. O sacaninha desabou em cima da minha perna boa quando lhe dei o tiro. E a outra perna já não presta, impossível livrar-me do peso. O cérebro dele escorreu todo, empapa-me as calças, vejo tudo a dobrar.

Rebentaram a porta, lá vem eles, a cavalaria. Ena tantos, o Alminha, o Silva, o Mendonça, o Chico Moore… Estão todos calados, a olhar para nós, para mim e para o meu sacaninha. O que resta da cabeça dele dorme no meu colo, a mão segura ainda uma ponta do cinto, a outra ponta está enrolada no meu pescoço.

Os meus coleguinhas estão a fazer as contas de cabeça, aparvalhados. Se ao menos ficassem quietos, eu conseguia focá-los, mas não, parece que balançam de um lado para o outro. E os meus olhos continuam a vazar, deve ser dos estilhaços do crânio do sacaninha, não vejo nada.

— Eia, *Boss*! Arriaram-lhe com força!
— Olha só quem é ele! O meu amigo Alminha! Ainda tenho uma perna boa querido, não lhe queres dar outro tiro de aviso?
— Eia, *Boss*. Desculpe, *Boss*, desculpe, desculpe. (Está de joelhos, o Alminha. Patético.) A gente não podia adivinhar, pois

não? O Abreu chegou-nos lá com a ordem e nós tínhamos mais era que obedecer. Se não fosse o Coordenador Superior...
— O Almôndegas? Acabei de falar com ele.
— Então já sabe, não é, *Boss*? O Coordenador ficou danado quando soube da ordem de prisão, chamou logo o Abreu ao gabinete, quis ver o *dossier* Noronha. Estiveram lá dentro aos berros, um tempão. Nunca tinha visto o Almôndegas assim, perdeu a cabeça, até enfiou um soco no Abreu, aquele nariz nunca mais se endireita. Quando mal nunca pior, é o que eu lhe digo, *Boss*. Quando mal nunca pior...
(Estão os quatro à minha volta, a tentar remover os restos mortais do sacaninha, mas ainda lhe sinto o peso nas pernas. Oiço passos ao fundo, os peritos também já chegaram. Só não consigo identificar aquele tac tac, parece o som de saltos altos.)
— Eu bem disse, *Boss*. A si ninguém o apanhava — orgulha-se o Alminha.
— É de homem, é de homem! — corrobora o Silva.
— Pobre Brandão, o estado em que o deixaram — choraminga uma voz feminina.
(É a Florbela, meus amigos, está a limpar-me o sangue da cara. Mas não, não é com a língua, está a usar uma esponja.)
— Um autêntico herói, apanhou o *Nike Killer* sozinho — emociona-se o Mendonça.
— É preciso ter tomates — derrete-se o Chico Moore.
— Olhem só o estado em que ele ficou.
(Estão a babar-se todos, como se isto já não tivesse líquidos que chegassem, daqui a pouco saio a nadar. Não, eles estão a levantar-me do chão, afinal saio em ombros, faz-se silêncio. Ou quase):

— Eia, *Boss*. Só não percebo é a fixação do seu pai. Como é possível alguém ser tão bera? Matar a si e à sua mãe ainda vá lá, são cenas de família, mas aquelas putas todas? Porquê?

(Fixação têm vocês todos, ó anormal. Qual pai, qual carapuça! O Papá está morto há séculos, morreu na Guerra, era um médico bom, o Papá está morto há séculos, morreu na Guerra...)

OBRIGADO, OBRIGADO, OBRIGADO

à **Helena Rafael**, leitora atenta e amante legítima, que me aturou durante o longo período de gestação e escrita deste romance (mais ou menos dois meses) e fez os possíveis para lhe limar os excessos (nem todos, curto o sanguinho);

à **Tereza Coelho**, minha directora na "Livros", com quem só não aprendi mais porque a revista acabou;

ao **Chico Moore**, esse grande jornalista, membro fundador (e único) do Clube de Fãs do Brandão, a quem devo a ideia dos itálicos e os excessos não limados (ele também curte o sanguinho);

ao **Paulo Ramos**, que desenhou a capa, e à **Cidália Worm**, que a co-produziu; sem eles a vida seria (ainda) mais difícil;

à **Fernanda Cachão** e à **Tereza Prata** pelas leituras atentas;

ao **Inspector S.**, que em algumas horas me explicou os rudimentos do que é, como funciona, e como está estruturada a Polícia Judiciária (explicações essas que ignorei sem apelo nem agravo).

Edição
Izabel Aleixo
Rodrigo Peixoto

Revisão
Anna Carla Ferreira
Eduardo Carneiro

Diagramação
Fernanda Barreto

Produção gráfica
Ligia Barreto Gonçalves

Este livro foi impresso no Rio de Janeiro, em setembro de 2005, pela Edigraf, para a Editora Nova Fronteira.
A fonte usada no miolo é ITC Garamond Light, corpo 11/15.
O papel do miolo é offset $75g/m^2$,
e o da capa é cartão $250g/m^2$.

Visite nosso *site*: www.novafronteira.com.br